平安日記文学と歴史の理論

――ベンヤミン的視点から――

鹿島　徹
Toru KASHIMA

武蔵野書院

目　次

凡　例

・『土左日記』からの引用は東原伸明／ローレン・ウォーラー編『新編 土左日記 増補版』（武蔵野書院、二〇二〇年）による。ただし校注者の言説解釈を示す記号は省略し、ふりがなも適宜省略する。論の必要からそれ以外の校本を用いる場合にはそのむね明記する。
・『蜻蛉日記』からの引用は今西祐一郎校注岩波文庫版（一九九六年）により、そこに踏襲されている柿本奨『蜻蛉日記全注釈』上下（角川書店、一九六六年）の段落区分に従って引用箇所を示す。
・外国語文献からの引用は、日本語訳があるものはその書名等を併記して引用頁を漢数字で挙げる。訳文は既訳を参考にした私訳である。もっぱら訳書に拠った箇所も原書を参照して一部訳語の変更を行なった場合がある。
・第Ⅲ部は外国語文献からの引用が多くなるため、本文内に引用箇所を示すことにし、注にその略号などについての説明を付す。
・引用文中の〔　〕は引用者による補足であり、傍点による強調はとくに断らないかぎり引用者による。

I 土左日記

一　過去の痕跡との出会い ―― ベンヤミンと『土左日記』

『土左日記』の旅も終わり近く、船がいよいよ難波《なにわ》から淀川にはいって、折からの渇水に難渋しつつ川を上っているときの話として、二月九日の段に、

わだのとまりのあかれのところといふところあり。よね・いをなどこへば、おこなひつ。

（萩谷朴『土佐日記全注釈』のテクストによる）

とある。この「米《よね》・魚《いを》など乞へば、行ひつ」とは、はたしてどのような場景なのだろうか。どのような人びとが、ここには描かれているのだろう。

＊

一九四〇年九月、ヨーロッパを席巻するファシズムに追われて、峻険なピレネー山脈の尾根を越え

ながらも、スペインへの入国を官憲に阻まれ自死したヴァルター・ベンヤミン（Walter Benjamin, 1892-1940）は、二十ほどの断章からなる草稿を後世に遺した。「歴史哲学テーゼ」の別名でも知られる「歴史の概念について」である。

前年一九三九年の八月二十三日、独ソ不可侵条約が締結されたとの報に接して、当時パリに亡命中のベンヤミンは、夜も眠られない茫然自失の一週間を過ごしたという。すでに一九三八年三月にオーストリアを、同九月にはチェコ・ズデーテン地方を併合していたナチスドイツにとって、これでいよいよポーランドに侵攻することが可能になった。先の大戦を上回る規模の世界戦争の勃発がついに不可避となった。このような事態に、こともあろうに反ファシズム陣営の砦であるはずのソヴィエト連邦が加担したのである。その政治的・思想的衝撃を受けて、それまで数年にわたる思索を凝縮しながら、従来とはまったく異なる「歴史の概念」を提唱しようとしたのが、その草稿であった。

冒頭チェスの自動人形と「史的唯物論」とを対比させ、クレーの絵に想をえて「進歩の強風」に吹き飛ばされながら過去の破局を凝視し続ける「歴史の天使」のイメージを提示するなど、オリジナルな着想に富むテーゼ群として世評が高いが、しかし読解は一筋縄ではいかない。没後に出版されて以降、ユダヤ神秘主義的な解釈からマルクス主義的解釈にいたるまで、その読解は遺産争いともいうべき相を呈してきたばかりでなく、その思想の混乱や不整合までもが指摘されるなどしている。

そもそもが未定稿である。二つの手書きの草稿と四つのタイプ草稿が遺されているが、それぞれ異同も多く、校訂そのものが困難である。ただ幸いなことに二〇一〇年に新しい全集版が公刊され（*Walter Benjamin Werke und Nachlaß. Kritische Gesamtausgabe*, Bd.19, Suhrkamp）、これら六つの草稿のすべてが、一部は写真版も付して活字となった。成立途上の草案を記した諸断片も、恣意的な編集から解き放たれて、原状を示す配列にしたがって読むことができるようになった。もっともこの新しい版本は、どの草稿も同等の価値をもつとの判断から、それらを統一して標準テクストを提供することをしていない。とはいえ六つの草稿を比較することによって、従来の校訂版に不備のあることが明らかになった。読みかたにもよるが、細部の変更が全体の理解へと影響を及ぼし、あいまいさを拭い去ったよりシャープな解釈が可能になった。

その解釈を、日本古典文学の読解の場で具体化してみるならどのようになるだろうか。

あらかじめ確認しておこう。新しい「歴史の概念」の必要をベンヤミンに痛感させた従来の歴史の概念、それはまずなによりも、ファシズムとさえ一時的にせよ手を組むたぐいの進歩史観である。理想社会の実現へと向かう歴史の歩みにとって、ファシズムの台頭など一時の「例外状態」（テーゼⅧ—以下従来の校訂版のテーゼ番号による）に過ぎないとし、自勢力の温存と拡大のためにはこれと妥協して憚らない。この立場は現在に多くの犠牲者を生み出してゆくだけでない。過去にかんしても、歴史の進歩にとり有意味とされる事象のみを取り上げて大きな物語を紡ぎだし、意味なきものとされる諸事象は記録から振り落とし、忘却の淵へと投げ込んでゆく。

もうひとつ、退けられるべき歴史の見方は、ベンヤミンが「歴史主義」（テーゼⅤ）と呼ぶものである。今日であれば歴史実証主義と呼ぶにふさわしいその立場は、過去を「それが実際あったとおりに」認識すると称して現在と切り離し、ひとつの出来事を前後の出来事との「因果連関」（補遺A）において捉え、一連の完結した叙述を作り上げようとする。

進歩の物語と因果的叙述と、この二様の歴史の語りのうちに埋め込められ、封じ込められて、過去の事象は現在を生きる者に生々しくも生き生きと語りかける輝きを、失ってしまっているのではないか。記録されずにおかれた出来事はましてや、ついに現在に取り戻される可能性を失ってしまうのではないか。だが、「かつて生じたことは歴史にとりなにひとつとして失われたものと諦められることはない」（テーゼⅢ）。視座をそのように転換して、既存の語りによる封じ込めからの過去の「解き放ち（救済 Erlösung）」（テーゼⅡ）を提唱し、そのための方途を素描すること、それが「歴史の概念について」においてベンヤミンが企てたことであった。

＊

しかしながら、最初に引用した「米《よね》・魚《いを》など乞へば、行ひつ」といったくだりが、どのような過去の光景を映し出しているのか、それは正確にはだれにも分からないというのが実際のところである。

たとえば新編日本古典文学全集本（小学館）は、ここにいかなる頭注も付さず、下段でそのまま逐語訳を与えるにとどめている。分からない以上これが「誠実」な処理だと見ていいのかもしれない。そもそも筆者を女性に仮託したと言われる『土左日記』は、日記とは称しながらきわめて虚構性が高い作品である。情景描写を優先し、あるいは諧謔を弄するために、地理的・季節的条件を無視した叙述を各所で行なっていることも、これまでの研究で詳らかにされている。とりわけ右の二月九日前後の記述は、後述のように地名を不実記載し脚色を加えたとされる箇所である。前日、精進潔斎のために食すことのできなかった魚を、この日に役立てることができたという落とし噺《ばなし》に使われているだけで、そもそもいかなる「史実」にも対応していないのかもしれない。

この種の記述がじっさいに過去にあった出来事に関係しているのかどうか、関係しているとしてそれはどのようになのか。それを知るには、じつに歴史上に生じた出来事をすべて見てとり、任意に想起することのできる、超人間的な認識者が現われなければならないはずだ。そうした認識者とは、歴史の終末に最後の審判を下すべく、裁かれる人びとの行状をはじめとした一切の出来事をくまなく、しかも同等に見てとる者として、つまりはユダヤ＝キリスト教的終末論において「メシア」として形象化されてきた者にほかならない。

ただし、この「メシア」（テーゼⅥ）を「歴史の概念について」のベンヤミンが、〈信仰〉の対象として持ち出すわけではない。宗教的伝承に由来する思想形象を思考における限界理念として取り出しながら、それをあくまで世俗的事柄の次元で用いるということ、それがかれの思想戦略であった。そもそも終末の日における義人の救済が問題となっているわけではない。あくまでも現在の人間が、過去の秘められた出来事に接近することが問題なのである。従来の歴史叙述の軛《くびき》から出来事を解き放ち、それ固有のきらめきにおいて現在へと呼び戻すためにこそ、過去のひとつひとつの出来事を一律平等に見てとる「メシア的な力」をごく微弱にも携えることが必要だというのが、かれの立論のポイントである。

そのためには、なにか神秘的な能力など付与されていなくてもよい。日常の経験に働く過去への感受性を研ぎ澄ませばいい。じっさいひとはしばしば「もしあのときあのようにしていたらよかったのに」、たとえば「あの人にあそこで声をかけていたら愉しい会話のひとときを過ごすことができたかもしれないのに」と考えたりする。このような過去に関する反実仮想は、〈過去はこうでしかなかった〉と見なす必然論を揺るがすものだろう。何気ないときにふと立ち上がるこうした感覚に導かれて、既成の歴史叙述からわずかにも出来事を解き放ち、それを現在に取り戻すという「かすかなメシア的な力」（テーゼⅡ）をひとは活性化することができるのではないか。

＊

「危機の瞬間に閃く想起をわがものにすること」（テーゼⅥ）。「歴史の概念について」のなかでもよく知られたフレーズだ。ここでいう「危機」とは、続く文章で明らかなように、伝統とその受け取り手とが「支配階級の手先になってしまう」という危機を意味している。

「支配階級」という言いかたがあまりに古びて響くなら、歴史の「勝者」というベンヤミンの別の言葉を使ってもいい。現在を支配する「勝者」は、自分たちの先行者が侵略と略奪、抑圧により勝利の獲物として手に入れ蓄積してきた「文化財」を、いまに継承する遺産相続人にほかならない。輝くばかりの文物からなる伝統の継承・保存は、かれらの支配の正統性を弁証するものとして利用され、その伝統を取り扱う者たちは「コンフォーミズム」（同）、すなわち時流に合わせながら文化的管財人として身過ぎ世過ぎする者の役割にまで容易に身を屈してしまう。伝統の内実のみならず、伝統にかかわるみずからもが、この意味での「手先」になってしまうという「危機」を自覚したとき、そのときに不意に立ち現われる過去の姿を、逃さず取り押さえなければならないと、ベンヤミンは言うのである。

ところで萩谷朴《はぎたにぼく》『土佐日記全注釈』（角川書店、一九六七年）は、先の箇所について先行説を詳細に吟味し論駁しつつ、「曲《わだ》の泊まりの分《あか》れ」とは淀川の神崎川への分流点であるとし、対岸の江口が交通の要所として色里などが形成されていた関係もあり、「乞食浮浪の徒が蝟集《いしゅう》する」地域であったとする。そしてこのことから、「米・魚などを乞ふ」とは「乞食たち」による物乞いであり、「おこなふ」とは船上の人びとのかれらへの施しを意味するとの解釈を呈示している。

ただし江口の対岸と見なす点については、内田美由紀「土佐日記「わだのとまりのあかれのところ」」(『中古文学』第七四号、二〇〇四年)において、当時の状況を地理・文献両面にわたり検討したうえでの疑義が提出されている。さらにはそもそも前日八日に宿泊したという「鳥飼」より下流となるため地理的に矛盾しているという指摘がかねてからなされている(東原／ウォーラー『新編 土左日記 増補版』脚注)。

たしかに一部の解釈者が主張するように同船の船乗りが、ましてや船上の従者が「魚」や「米」を乞うというのでは不自然であってみれば、まさに「食を乞う」ことをたつきとする人びとがここに姿を現わしていると見るのが、文章表現から見ても場面状況から見ても適当だろう。もちろん新日本古典文学大系本(岩波書店)の脚注に「修行僧や乞食」とあるように、僧形の者もそこには入り混じっていたことだろう。仮に船上の一行がそうした人びとと実際には接触をもたず、このくだりがあくまでフィクションであったとしても、その近辺でのかれらの存在がそれなりに知られていたからこそ、虚構譚もまた受け晰としての効果を持ちうると考えられたのではないだろうか。

そもそも『土左日記』は、紀貫之が従五位下の「卑官」の身にあったことにも規定されてか、筆者として仮託した女性の視点から、童や老女といった社会的弱者の姿を生き生きと描き出していると言われる。たしかに船子《ふなこ》ら庶民の生活のありようにも目を配り、他には記録の残っていない「藤原のときざね」「八木のやすのり」といった人びとについて、名を挙げて書き残すなどしている。とはいえ他方では、楫取《かじとり》をはじめとした土着下層の人びとにたいし、宮廷文化を身につけた都びととして高みから見下す態度があらわでもある。菅原道真が讃岐国司在任中に詠んだといわれる漢詩「寒早十首」に見られるような、困窮者への同情の念からはおよそ遠かったことだろう。実際に食を乞われて施行《せぎょう》をしたのだとしても、前日の魚の扱いにかんする挿話の一項として利用したに過ぎず、そのように乞う者たちそのものに関心が払われたわけではないにちがいない。

現在にいたるまでかれら「乞食浮浪の徒」が、伝統を形成するものとも「進歩」に寄与するものとも扱われることはなく、歴史叙述のなかに位置を与えられることもないままにとどまってきた。だがそうした〈歴史の敗残者〉の姿に視線を向けてこそ、ひとは現在の歴史の勝者の「手先」たることを免れうるのかもしれないのだ。

＊

既成の歴史理解・歴史叙述による矮小な扱いや純然たる無視に気づいたところに、その過去の事象へと現在の眼が向けられる。そこに生じるのは、ベンヤミンの言葉を用いれば「虎の跳躍」（テーゼXIV）である。

わずかに姿を見せる過去にたいし、狙いすまして電光石火、躍りかかって手中に収め、これを黙殺や忘却から守るべく確保する。躍りかかると言っても、強引に過去の事象を現在の自分の側へと引きつけるのではない。むしろ、現在は過去を呼び戻すというしかたでその過去に重なり、過去は現在に呼び戻されるというしかたでその現在を変容させる。現在の一点と過去の一点とが、何十年・何百年・何千年の時を隔ててこのように重なるという時間のありようを、「今の時（Jetztzeit）」とベンヤミンは呼ぶ。「現在時」などとも訳されるが、要は進歩史観や歴史実証主義が前提にしている時間、つまりは過去から未来へと一直線に延びる均質で空虚な時間とは異なった時間様態、過去の特定事象と現在とが継起的順序や因果連関とは関係なく意想外に響きあい結びつく時間様態を表現するものである。

過去の特定事象がそのように現在に響きあうといったことが、なぜ生じるのだろうか。賤視され正史に記録されることなく生きていた「乞食浮浪の徒」の、かろうじて遺された痕跡としてそれを受け取る。それは〈いま〉の〈わたし〉の生活圏の周縁部に、現在では行政により分断管理され隔離隠蔽されている「ホームレス」と呼ばれる人びとのイメージに、重なり合うからであろうか。

現在の浮浪の人びとの状況については、いまは措こう。かつて律令制解体期においては、身分的には「賤民」と規定されない新しい被差別民が登場した。これら新しい被差別民は「ほかひひと」と「うかれひと」とに大別される。このうち「うかれひと」とは「班田農民の重い課役にたえかねて逃亡し、浮浪する人々」であり、その実態は「文字通りの乞食者」であった。文献史学の林屋辰三郎『歴史に於ける隷属民の生活』（筑摩書房、一九八七年）の指摘である。かれらが多く集まったのは市場のみならず、津や浦でもあったとの同書の推定は注目に値しよう。さらに「うかれひと」の対となる「うかれめ」が「大体に海辺の水駅に定住していたものと察せられる」と述べられていることは、「曲《わだ》の泊まりの分《あか》れのところ」の往時の光景をかすかにも想像させてくれるもののようだ。

現在と響きあう過去の痕跡は、このように実証史学の成果に基づいて、さまざまに肉付けされ、同時代の社会経済状況に照らした説明が加えられることになる。そこからかれらの生態について、わずかにも知りうることがあるにちがいない。だがこの道をもう一歩進むなら、「ほかひひと」（門づけの乞食者）や「うかれひと」は、一方で「歴史の進歩」から取り残されたものと位置づけられるとともに、他方ではやがて散所に定住し特殊な隷属状態にいたるという、歴史的発展の線上に位置づけられるかもしれない。要するにそれは、進歩史観なり因果的叙述なりのうちへと取り込まれてしまうかもしれない。そのとき、「米・魚など」を乞う人びとの出現に不意に驚かされるという、出発点の生々しさが、薄らぎはしないだろうか。かれらについての記述を、専門研究者がしばしば口にする「よく知られていること」として「当然の知識」へと平板化する危険が、ここに待ち受けているのではないだろうか。

そうした危険を回避する方途として、ベンヤミン「歴史の概念について」が呈示するのは、「思考の動きを停止させること」（テーゼXVII）である。過去のある一点と現在とが不意に結びつく。その過去の事象を前後の出来事と結びつけて説明しはじめ、当初の結びつきから解き放たれたはずの因果的叙述のなかへとふたたび埋め込むことのないよう、説明的・論証的な思考を停止してしまおうというのだ。

すると、かの「物乞い」の人びとは、他と結びつけられることのない独立の形象、ベンヤミンの言葉では「イメージ／像（Bild）」として定着し、〈わたし〉の心に残ることになる。十数世紀を隔ててのこのような結びつきは、これまたベンヤミンの言葉では「コンステラチオン（Konstellation）」（補遺A）、つまり本来は結びつきのない点と点とが意外な仕方で結びつけられて形成する「星座的布置」と呼ばれるものだ。そこにおいては一方では、通常の歴史叙述による矮小化や周辺化、黙殺から過去の事象が解き放たれる。とともに他方では、現代社会が抱える問題が改めてこの〈わたし〉につきつけられるにちがいないのである。

*

「抑圧された人びとの伝統」（テーゼⅧ）とベンヤミンは言う。「抑圧」とは、それらの人びとの生前におけるものであるとともに、後代の歴史叙述による周縁化や沈黙によるものでもあるだろう。だが右にも瞥見したように、言語学的・地理学的な知識をも駆使した古典テクストの精緻な読解は、そうした人びとのイメージを新たに甦らせる道を開いてくれる。それはたんに、出来事を因果的叙述のなかに埋没させるだけのものではないはずだ。

ベンヤミンのいう「伝統」とは伝承であり、過去の事績を語り継ぎわたすことであるとするなら、ひとはテクストを前にその「伝統」へと向かう岐路に立たされている。そのときこそがまさに「危機の瞬間」であると言わなければならない。

二　船のなかの「見えない」人びと

だれもが思いつくけれども、そう簡単には答えられない、そうした素朴な問いから始めたい。『土左日記』の主要な舞台としてお馴染みの「ふね」。そこにははたして、どのくらいの人が乗っていたのだろう。

全篇を一読していま思いつくままに答えるなら、船旅に欠かせない楫取《かじとり》と船子《ふなこ》、さらに赴任中に生まれた幼子などを除くと「十人程度」というのが、ごく一般的な答えではないだろうか。「程度」というのはほかでもない、船内で歌を詠んだ人の数から総数を推定しようにも、そもそもそれが何人なのかが定めがたい。つまり「登場人物」の数すらわからない。そのこともあり、印象でものを言うしかないわけなのだが、いまはとりあえず「十人程度という印象を与える」ことを確認しておこう。

そうした印象を読み手に与えるとは、この「日記」の書き手のパースペクティヴ、つまりその特定の視点の取りかたに応じて視線の向けられる先が、乗組員をのぞけばこれら十人程度の人びとにかぎられていることを反映しているはずだ。とすれば、当然にもそこからは「見のがされている」人びとがいたのではなかったか。そのために日記の記事からも「語り落とされた」、そうした人びとが。

一行は少なくとも二艘の「ふね」に分乗して、京へと上ってゆく。一月十二日の記事に見える「ふむとき」と「これもち」が乗ったもう一艘も、同程度の乗客数だったのかどうか、それについてはまったく推定の手がかりがない。しかし仮に同程度のものだったとして、延喜式の「大国・上国・中国・下国」という区分のなかで「准上国」の扱いを受けていた「土左」の、その前国守の帰任にあたって総勢二十人程度というのは、いささか少ないという感がある。

作中「船君《ふなぎみ》」と呼ばれる前国守のもとに、どのくらいの家族・使用人がいたのかは不明だが、全巻末（二月十六日）の記事にあるとおりに京の住居の管理を隣人にゆだねていたのだとすれば、家政を支える人びとの多くが主人と一緒に任地に向かったのではなかったか。そのほとんどが、二艘に分乗して帰京の旅をともにしていたのではないだろうか。もっとも「船君」が歴史上の紀貫之とおなじく従五位下の「卑官」であったとするなら、その家政の規模もさほどのものではなかったのかもしれない。とはいえ、任地から一行に加わった「童」もまたいたというのだ（一月二十一日）。はたして総数はどのくらいだったのだろう。

あらかじめわたしの推測を述べよう。作品の舞台となる一艘の「ふね」には、乗組員をのぞけば「二十人」は同船していた。にもかかわらず「十人程度」という印象を読者に与えるのは、書き手の視圏からこぼれおちた人びとがいるからだ、と。

この推定がはたして根拠をもつのかどうか。仮にもつとしてそれら「こぼれおちた」のはどのよう

な人びとなのか。以下ではそのことを、推測を多くまじえながら考えてゆきたい。(1)

1　『土左日記』の「ふね」

乗船者の人数を推定するには、かれらが乗った「ふね」の大きさを考えておく必要がある。ところが、『土左日記』の「ふね」がどのようなものだったのか、それがじつはよくわからないのだ。あの浩瀚な萩谷朴『土佐日記全注釈』も、テクストの船旅について、古暦にもとづく当時の気象状況から、日の出日の入り・満潮干潮の時刻にいたるまで、専門家の知見を援用しながら詳細に考証してはいても、残念なことに「ふね」そのものについての説明はほとんどない。それも当然なのかもしれない。この十世紀とは日本造船技術史において、資料に欠ける空白の時期とされているのである。

『土左日記』の本文から確実に言えるのは、一行が少なくとも二艘だてだったことのほか、帆はほとんど用いず船子が漕いで沿岸を転々と渡ってゆくいわゆる地乗り航法(沿岸航法)によっていること、難波に着き川尻から淀川にはいってから遅くとも二月九日以降は、曳き綱を使って岸から人力で「ふね」を曳くしかたで進んだということだ。だがこれらは船の規模・外形・構造、さらには定員などについて、なにかを教えてくれるものではない。右に触れたように乗客数を、船内で詠まれる和歌の作者の数から推定しようにも、詠み手を指す言葉としてもっとも多いのは「ある人」である。「船君」と「船君なる人」など同一人物を指すと思われるのは七人ほどのようだが、何度か登場して歌を詠む「童」がじっさいに何人なのかは決めかねるというのだから、(2) 確たる手がかりにはならないようだ。

そこで、現在の造船技術史研究が推定しているいくつかの事柄を参照しながら考え進めてみよう。一行が乗った「ふね」は、「準構造船」と呼ばれるものとされている。(3) 縄文時代から用いられた丸木舟（単材刳船《くりふね》）にたいし、二材以上の刳材（多くはクスの巨木を材料とする）を縦につないで両舷に舷側板をつけたもので、舷側板の段数が多ければそれだけ積載量は多くなる。航法としては、順風時に用いる筵《むしろ》製の帆はもつものの、基本的に地乗り航法によっており、そのため夜間の停泊・薪水の補給・荒天時の退避が容易であったという。『土左日記』の「ふね」もまた、帆走したのは「一月二十六日」だけのようで、基本的にそうした航法を採用しているようだ。

この「準構造船」について考えるさいに引き合いに出されるのが、『土左日記』の時代に先だつ遣唐使船である。

遣唐使船もまた、前期は朝鮮半島の沿岸をつたう航法をとったが、新羅との関係が悪化して東シナ海の横断を余儀なくされてからは、多くの木材で竜骨・梁・外板などを組む「構造船」建造の技術を中国から取り入れた。一艘あたり平均して百四十人前後を載せたと記録されるこの後期遣唐使船は、石井謙治の推計によれば全長三十メートル、幅八・五メートル、載貨重量約百五十トンという、まことに巨大なものである。(4) だが遣唐使派遣中止(八九四年)とともに構造船の建造技術はすたれ、十五世紀の遣明使派遣の時期に独自の構造船が建造されるまで、列島社会の造船技術はもとの準構造船のレベルにとどまったという。

ところで、『土左日記』の研究書・注釈本の多くが参考に掲げているのが、『国宝 北野天神縁起絵巻 承久本』(北野天満宮所蔵)にある、大宰府に配流される菅原道真公出立の図である(図1)。とくにその残欠の図は造船史的に見ても、「屋形、筵帆などすべてにわたって綿密に描いていて、数ある鎌倉時代の船の絵では群を抜いた存在」と評価されている。(5) 十三世紀初頭に成立した絵図であるため二百年近くの隔たりはあるが、右の造船技術の数世紀にわたる停滞という点を考慮するなら、これを推察の手がかりにしても大きな間違いはないはずだ。

その構造・規模については、これまた石井謙治の推算がある。それによれば漕ぎ手用の両舷の踏板(櫓棚)が合計で十二人分あり、これは準構造船としては最大級に近い。全長は舷側板を含め

図1:『国宝 北野天神縁起絵巻 承久本』(北野天満宮所蔵)より

ると三十二メートル余、幅は約三メートル。刳船であるために幅がぐっとせまくなるわけだが、漕ぎ手は櫓棚に着座するので船内のスペースはそれなりに確保され、積載量は約二十五トンになるという(6)。トン数からすると遣唐使船の積載量の六分の一の大きさであるため、単純計算では乗船者は二十人ほどとなる。ただし船の大きさは必ずしも乗船人数に比例しないといわれるので(7)、船員も含め少なくとも三十人は乗ることができたのではないだろうか。

ここで注目すべきなのは「国守の赴任や帰任用には大型の屋形を設けた(8)」と言われていることである。それがどのくらい「大型」なのかはわからないが、図1を見ると一部を御簾で覆った主屋形が船の半分近くを占めている。ただしこれは絵画技法上のデフォルメのようで、石井謙治による復原図（図2）を見ると船体の四分の一程度である。いずれに

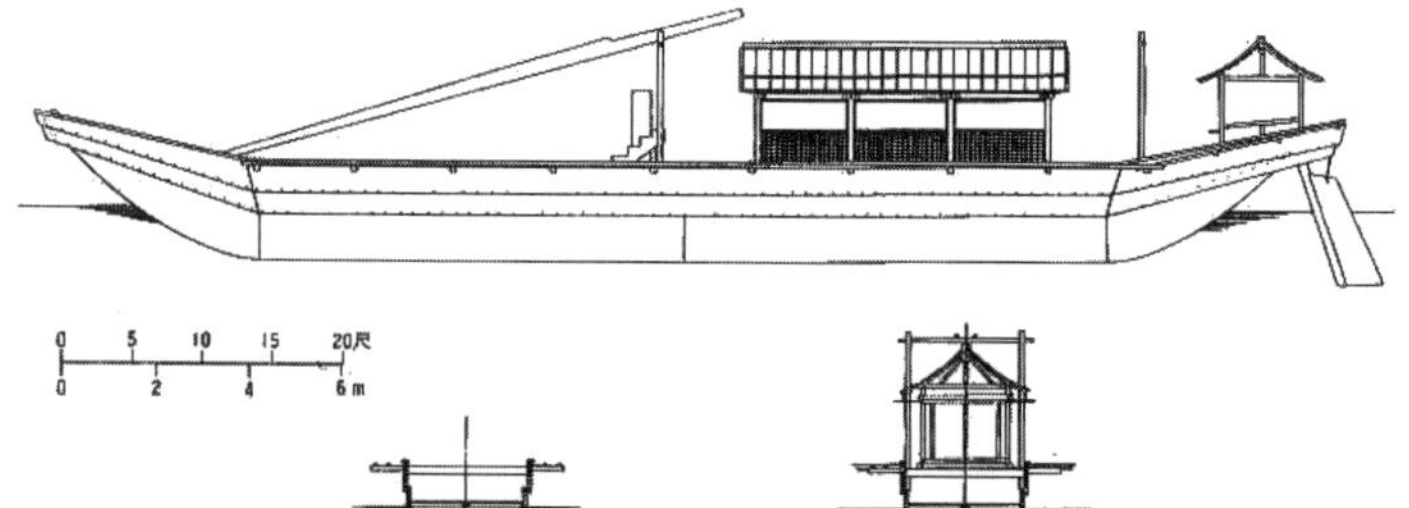

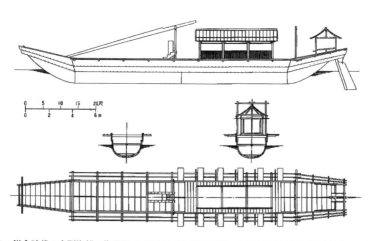

図2：鎌倉時代の大型海船の復原図（石井謙治『図説和船史話』1983年 至誠堂刊・38頁より）
『国宝　北野天神縁起絵巻　承久本』に描かれた大型海船からの推定復原図（石井謙治画）

しても、この主屋形が『土左日記』の「ふね」にもあったことは、元日の記事に「船屋形《ふなやかた》」の語が見られるところからわかる。雨天や船中泊のさいにこの主屋形に全員を収容できたかどうかは疑わしいが、主屋形には立ち入らない／立ち入れない乗客もいたことだろう。

このように見ると、『土左日記』の「ふね」は国守帰任用の大型準構造船であり、主屋形の内外に二十人程度の船客が乗り込んでいたと考えるのが、ひとまず適当ではないだろうか(9)。

なお『国宝　北野天神縁起絵巻　承久本』の図では、荷と思われるものが船首側にまとめて置かれており、それを管理するかのような人物が複数見えもする。『土左日記』の船旅では、国守として任地で蓄えた財産は仮にその多くを別送したとしても、旅中に必要な食料をはじめ、楫取と物々交換をしたり（一月十四日）、陸路に移って土地のひとの饗応に返礼をしたり（二月十六日）するだけの物資を積んでいたはずで、それらは同じく船首側に保管してあったのだろう。さらに舳《へさき》には木と石で造られた碇《いかり》があり、船尾には楫取用の艫《とも》屋形があるのが、準構造船の標準形である。だいたいこのあたりを、『土左日記』の一行が乗った「ふね」としてイメージすることが許されるだろう。

2　不可視の人びと

さて、以上のように二十人ほどが乗客として同船していたと仮定した場合、読み手の印象が「十人程度」ということになるとすれば、それは『土左日記』の書き手のパースペクティヴによって書き落とされた「不可視の人びと」が存在したことになる。それはひとことで言えば、当時「雑色《ぞうしき》」や「下仕《しもづか》え」と呼ばれた下働きの人びとであったにちがいない。

延喜式の規定では、土佐から京にまでいたる海路が二十五日。じっさいには「土佐の船路は怖ろしや」(『梁塵秘抄』)とうたわれた難航路であるほか、日の吉凶や海賊の動きなどにより好天でも停泊地にとどまるなどしたため、『土左日記』が記録する日数は、「土左」の大津から漕ぎだした十二月二十七日から京に近い山崎で最後に船を離れた二月十五日までとすると、延べ四十八日。加えて、門出をしてのち大津から出帆するあいだ、すでに船内で起居していたと考えられるので、(10)船の生活は合わせて五十日を超える。停泊地で船を下りて他に宿をとることもあっただろうが、一月三十日のように海上で停泊したと思われる日もまたある。(11)この長く不自由な船中生活を「貴族」にふさわしく過ごすには、さまざまな雑務に従事する男女が同乗していたはずだ。

たとえば一月十一日に船内で夜明けを迎えて「手洗ひ」をしたときの水の準備は、だれがしたのだろうか。それにつづく「例の事どもして」とは礼拝や食事のこととされ、十二月二十八日の記事にも船内で「飲み食ふ」ことをしたとあるが、その食事の準備や片付けはだれがしたのだろう。元日に歯固めの行事を行なったさいに、「押鮎」をだれがととのえて船君らに供したのだろうか。当人たちでないことは明らかだとすれば、これらの記述には、明示的にではなくとも、下仕えの人びととの存在が語りだされていることになる。さらにいえば、テクストにはまったく記載されない類いの生理的欲求を処理する者、たとえば「樋洗《ひすまし》」と呼ばれる便器の管理・後始末にあたる者がいなかったわけはない。こうした調理・配膳・物品管理・雑役にあたる人びとの同船は、『土左日記』の旅に不可欠だったはずだ。もちろん船内において、京の邸宅と同様の生活を行なうことは望むべくもなかっただろうから、平生より多くの職掌が各人に割り振られていただろうけれども。

いうまでもなくこれらの人びとは、「船君」とその家族や側仕えの女房らとともに歌を詠むことをしなかった。年中行事をともにすることもおそらくなかった。京の邸宅であれば主人らの目にほとんど触れさえしなかっただろうこうした人びとは、狭い船内では当然その視界に入らざるをえなかったにもかかわらず、書き手のパースペクティヴからすればそれらの男女は「いないも同然」だった。

それでもそうした人びとの姿が、わずかながら文中にちらりと現われているところがある。

そのひとつは、船旅がはじまる前の場景ではあるが、冒頭十二月二十二日の別れの宴で、「上中《かみなか》下《しも》、酔《ゑ》ひ飽きて」とある。翌々日もやはり宴席のこととして「ありとある上下、童まで酔ひ痴《し》れて」とある。ここに「下」と分類される者たちには、船乗りたちのほか、船内で下働きの役目を負った人びとが含まれていたにちがいない。

もうひとつは、一月十三日の記事にある「女此《こ》れ彼《か》れ、「沐浴《ゆあみ》などせむ」とて、辺りのよろしき所に下りて行く」という、よく知られたくだりである。フィクションと見なされることもあるが、萩谷朴によればこれは「室津川が注ぎ込む入江の淡水を求めての水浴」のことであり、太陽暦二月下旬の室津であれば、多少我慢すれば水浴は可能であったという。[12] このとき「貴人」の女性も、帳をめぐらすなどして沐浴をともにしたのだろうか。なるほどそのようなこともありえただろうが、書き手がその半裸の姿にたいし性的な暗喩（「老海鼠《ほや》のつまの貽鮨《いずし》、鮨鮑《すしあわび》」）による諧謔を弄しているところからすれば、戸外の水浴のため水辺に下っていったのは、おもにはやはり下仕えの女性たちであったように思われる。

3　船内から船外へ

楫取との確執に悩まされながらも、つとめて船内の生活をみやびに過ごそうとする一行。その「みやび」を支えていたのは、以上のような「下下《しもじも》」の人びとであった。その存在は、「貴人」の位置にいる書き手によっては書き落とされてしまう。

それだけではない。『土左日記』を研究する専門家の視線からも――おそらくは「当たり前のこと」として――同じく取りこぼされているのではないだろうか。たしかに「見えないもの」「記録されていないこと」については語らないというのが、専門研究者の作法ではあろう。それに加えて、そもそも「この国の歴史学者たち」は「王朝時代の庶民たちについて、ほとんど研究を進めてこなかった[13]」

ともいわれる。歴史学研究のそうした状況に規定されて、文学研究者に推定の手がかりが与えられてこなかったというべきなのかもしれない。

だがこれまでも、舟歌を採録し、船人の生態を描きなどする『土左日記』は、地方民衆の豊かな個性を発見し、その姿を生き生きと描き出していると評価されてきたのである。[14] それを一歩進めて、直接に記載のない船内の「庶民」にも目を向けることができるのではないか。それによって作品を多面的に理解する道が開けるのではないだろうか。それは『土左日記』という作品を「王朝日記文学」という自明化された解釈枠組みの外へともたらす、別の読みへの道であるだろう。

このような人びとの存在と活動を思い描くことは、なにより船内の生活についてより豊かなイメージをはぐくむことにつながる。主家―女房―雑色といったなんらかの指揮系統にもとづいて、朝早く起きて食事の準備をし、そのつど必要な品々を用立て、後片付けをするといったように、せわしく立ち働いている人びとが、作品に描かれる行事や出来事の背後に浮かび上がってくるのではないだろうか。書き遺されないという仕方でこそ痕跡を残している人びとの、その生のありようを、このようにしてわずかにも現在に呼び戻すことができるかもしれないのである。

ところで、こうした「見えない」人びとは、「ふね」のそとにもまたいたのではなかったか。

難波に着いて以降のことは別に論じたので（第Ⅰ部一章・四章）、ここでは出立地の「土左」でのことにかぎろう。右にも触れた一連の宴席のうち、初日（十二月二十一日）に国守の館を出たさいの宴、および新国守に呼ばれて饗応を受けた十二月二十五・二十六日の宴は、少なからず公的なものだったはずだ。するとここには当時「遊行女婦《うかれめ》」といわれた女性たちが呼ばれて、座をともにしていたのではないだろうか。遊行女婦の実態には諸説あるが、たとえば「和歌をつくる充分な教養をもち、公的な宴に列席して賓客を接待するなど、準女官的な女性としての性格を備えていた」[15]といわれる。服藤早苗によれば、九世紀末には遊行女婦は「遊女《あそび》」と呼ばれ、性を売る女性と認識されるにいたっていたが、地方ではなおその後裔として、郡司・在庁官人などの階層の出身で、教養と才能に恵まれて官衙の宴席に招かれ和歌を詠む女性が存在していたと考えられるという[16]。

と同時に、こうした女性たちとは別に、右に言う「遊女《あそび》」もまた、同席していたのかもしれない。「芸能と性を売る専門的職能集団」としての彼女らは、交通の要衝のなかでも、とくに歓送迎の宴が頻繁に行なわれる港を活動域としていたのである[17]。それればかりではない。十二月二十七日の記事に「楫取〔中略〕己《おのれ》し酒をくらひつれば」とあることから推測されるように、楫取もまた宴会の末席、あるいは別の場において酒盛りをしている。そこには船乗りを相手とする女性たちがいたと考えることは不自然ではない。とりわけ和名類聚抄（十世紀中葉成立）において「白昼遊行」する遊女とは区別され、「夜を待ちて其の淫奔を発する」ところの「夜発《やほち》」と呼ばれた女性たちが。

最後にひとこと付け加えよう。『土左日記』には書き手らの前に直接すがたをあらわさず、しかも大きな影響を与える存在が背後に控えていた。

そのひとつは、航路を脅かす「海賊」である。これはテクストにその言葉が何度か見られる。もうひとつは、言葉にはされていないが、京に住まう権力者、さらには天皇を中心とした大和朝廷の権力体系である。

本章では書き手にとり「大したこと」のない、「取るに足らない」人びとの存在を、ミクロな視点から想像的に現在へと呼び戻すよう試みたが、マクロな視点からするなら、書き手にとってまさに「大した」存在が、同じく「見えないもの」としてこの旅に、直接・間接に翳《かげ》を落としていたのである。

注

（1）あらかじめ断っておくなら、本章でいう「書き手」とは、現実に筆を運んで書き上げた人物（たとえば紀貫之）ではなく、あくまでテクストに内在する者、テクストとともに記録者として生成する者のことをいう。さらに『土左日記』という作品は虚構性が高いと言われるが、虚構とはあたかもそれらしく見せようとするためにも、実際の地名や行事、乗物の構造などを基礎に置くのが通例であるため（第Ⅰ部五章参照）、作品内の記述の細部をことごとく「創作上の理由」により仮構されたものとする立場には立たない。

（2）菊地靖彦「解説」新編日本古典文学全集『土佐日記 蜻蛉日記』（小学館、一九九五年）六七頁参照。

(3)竹内光浩「『土佐日記』時代の船」(木村茂光編『歴史から読む『土佐日記』』東京堂出版、二〇一〇年)六六頁。以下では注に挙げる文献以外に『日本交通史辞典』(吉川弘文館、二〇〇三年)、『王朝文学文化歴史大事典』(笠間書院、二〇一一年)を参照した。

(4)石井謙治『海の日本史再発見』(日本海事広報協会、一九八七年)五五頁参照。その巨大なさまは石井謙治責任編集『船』(『復元日本大観 4』世界文化社、一九八八年)七〇—七一頁に復元図が掲載されている。

(5)石井謙治『図説和船史話』(至誠堂、一九八三年)四〇頁。なお、竹内光浩前掲論文六八頁では『松崎天神縁起』(十四世紀初期)の絵を準構造船の例とし、神田龍身『紀貫之』(ミネルヴァ書房、二〇〇九年)二五三頁でも同図が掲載されている。これは時代がやや下るためか『北野天神縁起』の船図よりやや大ぶりに見えるようだ。

(6)石井謙治『海の日本史再発見』二四一—二四三頁参照。

(7)石井謙治『図説和船史話』二七頁参照。

(8)石井謙治「船」『平安時代史事典』本編下(角川書店、一九九四年)二二三八頁。

(9)竹内光浩前掲論文は明代の『籌海図編』に、明らかに準構造船と思われる日本船の中規模なものが百人から二百人を乗せたとする記事があるのを引き、「貫之が乗船した船はこの基準からいくと中くらいの準構造船であったであろうか」としている(同六八頁)。この『籌海図編』でいう日本船はおそらく遣明使船であり、遣明使船は構造船だったといわれることからすると、その記事に矛盾があることになるが、じっさい百~二百人乗りの準構造船もまた存在したのかもしれない。しかしその規模の船に、『土左日記』にある曳き舟航法が可能であったのかどうかなど、さまざまに不明な点が多いため、室町期にまで下って考えることは控えることにしたい。

(10)萩谷朴『土佐日記全注釈』二〇四頁参照。
(11)新編日本古典文学全集本四二頁頭注参照。
(12)萩谷朴前掲書一八九頁参照。
(13)繁田信一『庶民たちの平安京』(角川選書、二〇〇八年)二二頁。
(14)木村茂光『「国風文化」の時代』(青木書店、一九九七年)二二五頁、同「『土佐日記』の主題について」木村茂光前掲編著一四八頁参照。
(15)野口華世「難波津」木村茂光前掲編書一一四頁。
(16)服藤早苗『古代・中世の芸能と買売春─遊行女婦から傾城へ』(明石書店、二〇一二年)三五頁・四一頁参照。
(17)服藤早苗『平安王朝社会のジェンダー─家・王権・性愛』(校倉書房、二〇〇五年)二五五頁参照。なお服藤早苗は『土左日記』の別れの宴について、「八世紀の状況とさして変化はなく、遊行女婦的娘子の臨席を想定させる」(同書二五六頁)と述べている。この「遊行女婦的娘子」は同書の文脈では「遊女」を意味するようである。

三 「日記」を書く者 —— ヴィトゲンシュタインと紀貫之

稀代の天才哲学者と謳われるルートヴィヒ・ヴィトゲンシュタインに、一九一四年から一七年初頭にかけて書かれた「日記」がある。

他にも一九三〇年代の日記があって同じく活字になっているが、前者がとりわけて重要視されるのには理由がある。一九一八年に脱稿し一九二二年に刊行され、今日にいたるまで思想界に深甚な影響を与えている『論理哲学論考』の成立過程が、克明に記録されているのだ。『論理哲学論考』はこの日記に日次《ひなみ》で記されていった思想的断章から核心的命題を摘出し、新たに並べ替え、それ以前に書かれたメモも取り入れながら補うべくを補って、ひとつの体系に編み上げたものと言っていい。そのためか、英語版では「ノートブックス」、日本語版全集で「草稿」と呼ばれている。

その「日記」を読み進めてゆくと、ある日、それまでの論理哲学にかんする精緻な理論的考察が突如として中断される箇所がある。代わってドストエフスキーの名を挙げるなどしながら、「神」「人生の意味」「倫理」といったテーマについての省察が書きつけられてゆく。それがひと月ほど集中的に行なわれ、その後には論理学的考察も入り混じるが、末尾の一日に「自殺」と倫理の関係についての

独白がなされて、現存の「日記」は閉じられる。有名な箇所だが、

自殺が許されるのなら、すべてが許される。
なにかが許されないなら、自殺も許されない。（一九一七年一月一〇日）

もとよりこれらの箇所で、「神」や「自殺」についてのまとまった考察が綴られるわけではない。「日記」には空白、もしくは欠落が存在していることもあって、かれの秘められた自問自答の一端が窺われるだけだ。とはいえ『論理哲学論考』の最後の文章は、よく知られているように「語りえぬものについては沈黙しなければならない／沈黙せざるをえない」である。ヴィトゲンシュタインその人にとっての「語りえぬもの」とはなんであったのか。その消息をおのずと推測させるのが、「日記」のこうした部分なのだ。

だが、話はそれだけでは終わらない。この「日記」と並行してヴィトゲンシュタインは、もうひとつ別の「日記」をつけていた。しかも大方は同じノートに、見開きページの左側を使うという仕方で。

それはごく簡単な暗号と略号によって書かれている。当初の内容は、自分の軍務での屈辱的な経験の記録や、同僚のふるまいについての批判的感想、軍隊生活に必要な忍耐をめぐる自戒といったもの

にとどまっていた。だが、ほどなくトルストイの『要約福音書』を繙《ひもと》いたあたりから私秘的な要素が混入しはじめ、みずからの情欲・性的行動・抑鬱から、ほかでもない「自殺」念慮、そして神の救いへの切願にいたるまでを記す、極度に内省的なものになってゆく。

遺稿管理人が永く隠匿したこの「日記」は、ひとりの伝記研究者の尽力により、没後四半世紀経った一九八五年、スペインの哲学雑誌に独西対訳で全文が公表された。その後、一九九一年にようやく生国であるオーストリアで、批判的合理主義の代表的哲学者ハンス・アルバートの序文を付して、『秘密日記 一九一四年—一九一六年(*Geheime Tagebücher 1914-1916*)』(Turia & Kan)と題し、書籍として出版されている。英訳や日本語訳は、まだない(1)。

『論理哲学論考』で「謎というものはない」と言い切り、後年の『哲学探究』では「私的言語」の存立可能性を徹底して退けたヴィトゲンシュタインが、秘かにみずからの欲情と祈りの日々を丹念に記録していた。このことは——たとえその破棄を最晩年のかれが命じていたとしても——それ自体として注目に値する。ここでは試みに、この〈多重の裂け目〉をもつというべきヴィトゲンシュタインの「日記」に焦点を当て、『土左日記』という「日記」と対比しながら考えてみることにしたい。

＊

『土左日記』は「日記文学の祖」と称される。だが「日記文学」とは歴史的に成立した言葉である。一般には「大正末から昭和初め」に用いられはじめたと言われており（国史大辞典）、上村悦子によれば久松潜一が一九二六年にはじめて公けに用いたという。さらに鈴木貞美はこの語の初出を、論文レベルでは土居光知「日本文学の展開」（一九二〇年）、書名レベルでは池田亀鑑『宮廷女流日記文学』（一九二七年）であるとしている(2)。

そもそも「日記」とは、二十世紀初頭に学校教育を通じて「一般庶民」にまで浸透したものだが、すでにそれに先立って、欧米から流入する新教養の影響のもとにおかれたインテリ層が、単なる日誌の域を超えた、極私的な事実をも記録し、真情を吐露する媒体として確立していったという。一八九六年に夭逝した樋口一葉が克明な日記を遺しているが、ある男性と深い関係に入っていたと思われる時期の八か月分が、没後に妹により「抹消」されて失われていると言われる(3)。近代的日記のはらむ私秘性の一端があらわになっているといえようか。

こうした近代的観念からは、読者を強く意識しながら事後に書かれ、不実記載も辞さない『土左日記』は、そのまま「日記」と呼ぶには憚られる。他方『蜻蛉日記』以下の仮名日記はといえば、日次記ではなく回顧録としての性格が強く、これまた近代的基準から外れてしまう。とはいえ、創作としてだけ書かれた作品群であるわけでないことは、「日記」という語の使用そのものに映し出されている。そのため、現在の意味での「文学」という用語が一九一〇年前後に定着したことも相俟って、独自のジャンルとしての「日記文学」なる新語が生み出される必然性があったはずだ。わたしにはドイツ語の“Tagebuchliteratur”の直訳語らしく響き、そこに芳賀矢一の影を感じるが、これはもちろん推測の域を出ない。

同様の事情は、歴史学の観点からもいえる。一般に過去の叙述にたいして虚と実の分別が厳しく問われたのは、近代になってのことである。ランケが史料批判の方法を打ち立てることによって近代歴史学の礎を据え、清代考証学の伝統に立つ重野安繹《やすつぐ》らも、この列島社会における史学近代化の波に乗って「抹殺博士」の異名にふさわしい史料批判を行なった。本来第一級の史料であるべき日記も、虚構を軸にしていては学問的価値を大きく減じざるをえない。「歴史」ではなく「文学」の領域のものとされ、「日記文学」と扱われて当然ということになる。

だがここで、『土左日記』とは「日記文学」である、との通念から、いったん自由になってみてはどうか。

「日記文学」という呼称が歴史的産物であるとの理由だけではない。「祖」に擬せられながら、以降の「日記文学」作品にその〈方法的虚構性〉も〈明示的な日次形式〉も受け継がれていない。この断絶に目をつぶるわけにはいくまい。

『土左日記』の書き手にとり、少なくとも日次形式をとったこの文章は――事後的に手控えに基づいて書き上げられたにせよ――端的に「日記」だったはずだ。もちろん多くの点で特異な、前例もなければその後に引き継がれることもなかった要素を含む。「日記文学」という後づけの規定から解き放たれてみるなら、それは「空前絶後」の「日記」であった。そこから出発しよう。

＊

『土左日記』の比較対象は従来は、藤原忠平『貞信公記』に代表される朝議典礼・政事を中心とした備忘録、あるいは子孫のための範例の記録としてあった同時代の「男もすなる日記」であった。ここでは逆に意識的に、近代的日記の側から光を当ててみると、はたしてどうなるだろうか。

近代的な日記の第一の特性は、その顕著な「再帰性」にある。それを記す者が、自分自身を読者に想定して書きとめるという、二重の自己の往還関係である。もとより他者に読まれる可能性はつねに意識されるだろうけれども、その他者の第一はなによりも自分自身である。書いたときに、すでに記す自分と記される自分の二重化が生じ、さらに先々読み返すときの自分を第一の読者と想定する二重化が生じる。

このように不断に自己を多元化しながらつねに同一の自己へと帰り戻る「再帰性」は、同時にいわゆる〈自己との対話〉として、「自省性」となって展開されてゆくであろう。単なる日々の記録にとどまらない内省を、ときには事実の記録に優先させて書き記してゆくことになる。

とりわけて「深い自照性」を示しているわけではないとされる『土左日記』においてはどうだろうか。

周知のように筆者は女性に仮託され（女性仮託の問題については第Ⅰ部五章で触れる）、紀貫之らしき老人が登場人物のひとりとして現われる。それを起点に「日記」としての「再帰性」は増幅されてゆき、しかも最終的には消散するまでに及んでゆく。

というのも、記す者と記される者とが、性差を越境した別人という構図に置かれる。その構図を設定した瞬間に、書き手にとって読み手は他人をも意識的に含むことになる。しかもこの他人である読み手にとっては、記す者と記される者とが同じ者（つまりは紀貫之）であると容易に分かるようになっている。いまこれを仮に「拡大した再帰性」ともいうべき事態と考えてみよう。

だがここで注意すべきなのは、「前の守」にして帰京の「船君」となる貫之らしき人物が、その本領である歌詠みという点で、前半と後半とでは力量が反転して描かれていることだ。さらには、明らかに貫之の手になると思われる歌を「ある女」の作に仮託するなどして、分身化が昂進してゆく。他方、記す者の側はといえば、〈女性〉という単一の性に滞留することなく、例の性的諧謔（一月十三日）などによって〈男性〉へと揺れ戻り、また転じて漢詩への距離化によりふたたび〈女性〉へと揺れ返す。(4)

かくして「日記」の書き手の自己像は複数のものに拡散し、しかも〈同じ自分〉へともはや「再帰」することのないしかたで繰り延べられてゆく。ここに『土左日記』の書法の特異性がある。これを「戯文」と見るか、「性差・主体の破壊」と見るか、「日記のパロディ」と見るかは、読む者の立ち位置によるといえようが、これらの見方はいずれもそれぞれの角度から正鵠を射ているように思う。

＊

ところで、近代的な内省性は「記録性」という、とくに日次記としての日記であれば不可欠な特性に、先にも触れた独特の私秘的性格を与えてゆく。

徳富蘆花《ろか》は、八歳のときから書き継いでいた日記を、三十七歳にして焼き捨てた。その後、四十六の年（一九一四年）から再開して、没する直前まで記し続けた。世にいう『蘆花日記』である。それはとくに既刊部分の初期に見られる義理ある人の妹へのきわどい恋情、兄・蘇峰との深刻な確執、妻との交合のあからさまな描写などにおいてきわだっている。これまたおそらく〈秘密日記〉と呼ばれてしかるべきものであり、蘆花自身、途中で読み返して焼却することも考えている。だが後年には日常些事を記すことが主となったこともあって、今日に伝えられたようだ。(5)

この近代性を帯びた『蘆花日記』を中間項に据え、それを跨ぎ越すしかたで、『土左日記』からヴィトゲンシュタインの「日記」を照射するとどうなるだろう。

暗号で書かれた〈裏〉の日記は、徐々に外界の出来事についての記録に乏しくなってゆく。代わって一日の記述が、たとえば次のようなものになってゆく。抑鬱と孤立に苛まれつつ、ケンブリッジ学生時代から親密な関係にあったデイヴィド・ピンセントを想いながらの記事である。

性欲強く昂る。(一九一五年三月二十三日)

この一行(原文では二語)だけである。

他の日には性的行動について具体的な事実を記した箇所もあるが、それはいまは措いて、さてこうした〈裏〉の「日記」がごく簡単なものであれ暗号によって記されたこと、つまりは他人の目を遠ざけようとされていたこと、それは「日記」の〈表〉と〈裏〉の書き手が同一の者であることを強く確証する結果になっているのではないか。その両者の強固な同一性があるからこそ、〈裏〉の部分は隠蔽され、「自分だけが読める文字」で書かれなければならなかったのだ。いうまでもなくここには、『土左日記』の書き手のような自己開放性・拡散性を拒む、内閉し単独の個へと凝固する近代的な主体が屹立している。

＊

『土左日記』は、京へと船で戻る旅日記の体裁で書かれた。ヴィトゲンシュタインの「日記」も、第一次世界大戦の勃発とともにオーストリア軍に志願して前線に赴いたところから、書き始められている（一九一四年八月二十二日）。非日常的な世界に入ってゆくさいに日記を付けはじめるとは、古今東西の別なく共通に見いだされる現象である。

ヴィトゲンシュタインもはじめの数か月は、同じく船上の生活にあった。配属された東部戦線において、ヴィスワ河を航行する河川用砲艦の探照灯要員としてである。そこには横柄な楫取《かじとり》こそいないが、「粗野」で「無教養」な同僚たちがいた。同僚との交流の困難は〈裏〉の日記を見るかぎり、船を下り各地に配属されたのちも、最後までつきまとっている。船上、兄・パウルの戦傷という報がかれの心を強く痛めたが、なによりもクラクフでいったん下船し、詩人ゲオルク・トラークルを病院に見舞ったとき、わずか数日前にかれが死去したと知らされたことが大きな衝撃になったと、その日記は記している。トラークルは父親の遺産を相続したヴィトゲンシュタインから匿名で多額の資金援助を受けたことがある。そのこともあって、みずから面会を待ち望んでいたはずだった。日記にはそれと記されていないが、自死である。

ここで「任地での女児の死」とそれへの人びとの想いを軸に『土左日記』が書き進められていたことを想起するのは、飛躍というものだろうか。だが、御崎（室戸岬）を回ってからの十日ほど、彼女ら／かれらは海賊の襲撃にひどく怯えていたのであり、ヴィトゲンシュタインもまた、敵軍の襲来にたいする危機感をたびたび言葉にしている。「死」という問題をめぐって、ふたつの「日記」の内容に並行するところがないわけではない。

さらには、京へと向かう人びとが、船上の不如意な生活のなか、無聊を慰め都ぶりを発揮するために、なにかにつけ和歌を詠み、批評しあうということを行なっていたのだとするなら、無理解な同僚に囲まれて孤独のさなかにいたヴィトゲンシュタインは、論理学的考察を自分の日課としていた。激しい軍務のなか、戦火を間近に見たときにも、それは続けられているのである。

しかし両者の並行関係は、ここまでだろう。

＊

一九一六年六月、ロシア軍の大規模な攻撃が始まる。オーストリア＝ハンガリー軍に致命的な打撃を与えた、「ブルシーロフ攻勢」の名で知られる軍事作戦である。その戦場となったガリティア（現ウクライナ領）に、ヴィトゲンシュタインは同年の三月から監視兵として配属されており、みずから実戦を経験することになったのだ。その戦闘のあいだには、〈表〉の日記も〈裏〉の日記もひと月にわたって書かれることがなかったところに、当時のかれをとりまく緊迫した情況が窺われる。

冒頭に触れた〈表〉の日記の「神」や「人生の意味」についての異例な省察は、じつにこの激戦を体験した直後に開始されたものであった。

時をさかのぼって、ちょうど日記が途絶えていた〔あるいは失われた〕一九一五年十月二十二日に、ヴィトゲンシュタインはバートランド・ラッセルに宛てた手紙で「いまわたしは全体を取りまとめて、論考の形式で書き下ろすまでのところに来ている」と報告していた。この段階で著作がまとめられていたとしたなら、どのようなものになっていただろうか。

だがじっさいには、その後に書かれた右の異例の省察群が、部分的にせよ『論理哲学論考』に組み入れられてゆく。

この『論考』の成立については、詳しい考証がなされている。(6) それによれば、「秘密日記」が途切れて以降の一九一六年九月に、ヴィトゲンシュタインは休暇を利用してタイプ原稿を作成し、それに手を入れてゆく。当初は「日記」が一時中断する前に書き記されていた論理哲学的考察を整理し取りまとめてゆくにとどまった。だがやがてそれを増補して、数学・独我論・死・倫理・心理学についての言明を加えてゆく。一九一八年七月、ようやく第一稿が完成し、さらにそれに手を入れて最終稿が同じ夏のあいだに成立する。この増補に当たって取り入れられた多くが、ブルシーロフ攻勢を経験してのちに書かれた〈表〉の日記の記述だったのだ。たとえば、

倫理というものが言い表わしえないことは明らかである。〔中略〕〔倫理と美学〔美意識〕は同じ

ものである。)(『論考』六・四三一一)

永遠を無限な時間の持続ではなく、無時間性のことと捉えるなら、現在に生きる者は永遠に生きていると言うことができる。(同六・四三一一)

同じ〈表〉の日記に記された言葉を使えば、かれの思索の対象は「論理学の基礎から世界の本質へと拡張した」(一九一六年八月二日)のである。

「論理学の基礎」と「世界の本質」。それではヴィトゲンシュタイン自身の生の営みおよびそれをめぐる思索は、『論考』にどのように反映を見たのだろうか。

たとえば次の一文は『論考』に五・六三二として取り入れられたものだ。

主体〔主観〕は世界には属していない。それは世界のひとつの限界である。(同日)

〈表〉の日記では、この文の直前に、「善と悪は主体〔主観〕によってはじめて登場する」という文章が置かれていたことが目を惹く。つまりは主体〔主観〕とは「善」ないし「悪」を帯びる存在であった。ところが『論考』によるなら、そもそも「善悪」といったものについて語ることは「ナンセンス（文として意味も指示対象ももたないもの）」であることになる。旧来の哲学のほとんどの問題と同様に、「言語の論理」を理解しないところから来るものと見なされるのだ（『論考』四・〇〇三参照）。死に直面する激戦を経験したヴィトゲンシュタインは、まさに「人生の意味」にかかわる問題を主題的に考察し、しかもそのうえで最終的にはそれらを「世界には属さない」ものとして、みずから「語りえぬもの」と断じたのであろうか。

他方、この時期のかれの私生活はといえば、〈裏〉の日記によれば「罪のなかにただ生きる」（一九一六年八月十一日）という体のものであり、「自分の悪しき本性と闘うが、依然として空しく終わる」（八月十三日）といったものであった。倫理的に悪しき存在であるとの自己認識は、戦場で果敢に軍務を遂行したのちも、変わりはしなかった。「善悪」の問題はかれ個人のこととして、つねに切実な事柄でありつづけたのである。『論考』は「人生の問題が解決したことに気づくのは、その問題が消失したときにおいてである」（六・五二一）と語るけれども、「日記」のなかのヴィトゲンシュタインにとっては、「人生の問題」が消失することはなかったと言わなければならない。

ラッセルに若き天才として将来を嘱望された論理哲学者、士官として金の勇敢褒章を授与される勲功を挙げた軍人という、二重の公的な姿をもつヴィトゲンシュタインは、「日記」においてさらに二重の姿で存在している。「人生の意味」について問いを立てつづける思索者。そしてみずからの罪と悪に苦悩する生身の人間。それは『土左日記』の作者に見られる外界への拡散とは対極的な、同一の自己の内部へと折りたたまれた多層的な襞としてあるのだろう。

「自我〈私〉とはどこまでも秘密に満ちたものである」という〈表〉の日記の言葉（一九一六年八月五日）は、じつにこのことを言い当てたものであるのかもしれない。

注

（1）本章の公表後に丸山空大訳『ウィトゲンシュタイン『秘密の日記』』（春秋社、二〇一六年）が刊行され、さらに二種類の英訳が出版された。なお以下ヴィトゲンシュタインの生涯と著作については、日記の記述以外に主として飯田隆『ウィトゲンシュタイン―言語の限界』（講談社、二〇〇五年）を参照している。

（2）上村悦子『蜻蛉日記の研究』（一九七二年、明治書院）八一頁、鈴木貞美「「日記」および「日記文学」概念をめぐる覚書」（『日本研究』第四四集、二〇一一年）参照。

（3）紀田順一郎『日記の虚実』（ちくま文庫、一九九五年）四六頁以下参照。

（4）萩谷朴『土佐日記全注釈』四八六―四八八頁、小林正明「性差と主体を破壊するもの―『土佐日記』小考」『青山學院女子短期大學紀要』第四八輯（一九九四年）参照。

（5）紀田順一郎前掲書五八頁以下参照。

（6）Cf. Ludwig Wittgenstein, *Logisch-philosophische Abhandlung. Kritische Ausgabe*, hrsg. von B. McGuinness u. J. Schulte, Frankfurt a.M. : Suhrkamp 1989, “Einleitung der Herausgeber”.

四　楫取と船君 ―― 逆なでに読む『土左日記』

わずか六千数百語からなる『土左日記』は、あまたの先行研究で論点がすべて出尽くしたように見えながら、なおも多くの謎をはらみ、幾重もの襞を内包して、新たな解釈を要求しつづけている作品である。

そもそも作者が誰であるのか、そこからして問題であるという。これについては、「つらゆきがとさの日記」という言葉を後世に遺した恵慶法師が、紀貫之の息子・時文と贈答歌を交わす仲にあったと後拾遺集により知られるとのことから、いまは貫之その人であるとしておこう。

またこの「日記」が主に現在完了時制を用いた日次の文章でありながら、旅を終え京に戻ってのちしばらくして、手控えをもとに書き上げたものであることも、それがいつごろであったかは措いて、本章では既定のこととしよう。

しばしば問題になる「女性仮託」の意図・背景についてとなると、議論が錯綜してくるが、わたしには次の指摘が興味深く思われる。従五位下の「下層」貴族である貫之は、多かれ少なかれ公的な性格をもつ日次日記を書く立場になく、それゆえ女性に仮託して私的日記を書くほかはなかったのだ、と。(1)

すると、女性仮託をしてまで「とさの日記」を残そうとした動機は、なんであったのか、すなわちこの作品の「中心的課題」は何なのかという、古くから論じられてきた問いが再浮上してくるように見える。さまざまな見解が交錯しているけれども、わたしにはそもそも〈ある文章には執筆の動機や中心的な課題が存在する〉という予料が妥当なものなのかどうか、そこが疑わしく思えてならない。

多くの問題が山積するなか、ここで取り上げたいのは、ひとまずは「回想」という性格をもつ『土左日記』に現われている〈表象〉のありようである。具体的には、貫之たちが京へと戻る船を切り回した「梖取《かじとり》」なる人物についての〈表象〉がそれだ。

＊

〈表象〉という言葉をいま使った。この用語を説明するには、二十世紀後半の歴史研究に多大な影響を与えた「アナール学派」の、既往と現在を回顧するという迂路を経なければならない。

「アナール学派」という名称が、広く日本の読書界に知られるようになったのは、フェルナン・ブローデルの大著『地中海』（初版一九四九年）の日本語全訳が出版されはじめる前夜、つまり一九八〇年代後半のことだったろうか。

マルク・ブロックとリュシアン・フェーブルを第一世代に擬し、ブローデルを第二世代のリーダーと目するこの学派は、二十世紀の後半にさらなる飛躍を遂げた。フィリップ・アリエス『〈子供〉の誕生』（一九六〇年）、ジョルジュ・デュビー『ブーヴィーヌの戦い』（一九七三年）、アラン・コルバン『娼婦』（一九七八年）、ジャック・ル・ゴフ『煉獄の誕生』（一九八一年）など、今日なお読み継がれている歴史作品が陸続と公けにされていったのである。先行世代に見られた経済至上主義とマクロ歴史学的手法の偏重を批判し、「心性《マンタリテ》」すなわち〈一定の社会共同体によりある程度の期間にわたり共有されたメンタリティ〉に焦点を当てる。「新しい歴史学」との触れ込みで喧伝されたこのアナール第三世代の特性は、「心性史」の名で呼ばれた。

だがはたして或る共同体において、成員《ひと》は均しく同じ心性を抱いているのだろうか。心性とはたとえばある種の社会的圧力として、個々人に共有を強いるようなものなのだろうか。一方向的な強制と順応という静態的な図式では捉えられない、個人による読み替えや受け流しを含む通念の「変容的摂取」にまで、歴史学の触手を伸ばそうとしたのが、アナール学派第四世代の代表格とされるロジエ・シャルチエ（一九四五年生）であった。そのキーワードが「表象《ルプレザンタシオン》」なのであり、その立場は「心性史」と区別されて「表象史」と呼ばれもしている。

英語のリプリゼンテーションに対応するこの「表象」という語は、なかなかにその含意が捉えにくい。いまはこの語が、(a)「表象像」という静的な意味と、(b)「表象作用」という動作的意味をふたつながら備えており、(c)とりわけ「表象する（思い浮かべる se représenter）ところの者」への参照を含んでいることに、あらかじめ目を向けておいたうえで、シャルチエの仕事をいちはやく紹介した二宮宏之の説明に耳を傾けよう。

通常、客体的・固定的に「歴史的事実」と見なされるものは、じつは「表象」にほかならない。それを提示する側の特定のストラテジーに基づき、なんらかの意図をもって再構成され表現されたものだからだ。受け取る側もまたそれぞれの読みを通し、みずからのうちにそれを想い描く（表象する）ことによって、新たな意味を付与してゆき、場合によってはそれを軸にひとつの解釈共同体を形成しもする。歴史的事実と呼ばれるものは、受け手のこうした変容的摂取においてはじめて意味をもつという関係性のなかにある。専門学科の対象としてそれを扱う歴史家においてもまた例外ではない。読解によりはじめて意味を与えられる「表象」としての歴史的事実を、時代の隔たった他者としてみずから読み取り表象するというかかわりのうちに、歴史家もまた置かれているのである。(2)

同じ二宮宏之によれば、アナール派歴史学はとりわけ第二次大戦後に、社会科学にいちじるしく接近した。そのために、対象を暗黙裡に客体的なものとみなす実証主義歴史学の認識論へと、逆戻りするところがあった。シャルチエの立場は、実証主義的認識論へのこの先祖がえりにたいする反省に出立し、表象されることによって意味を付与されている事柄の、その意味を解こうとする歴史学、つまりは「読解の歴史学」を提唱するところにある。(3)

ここではこのシャルチエのひそみに倣って、貫之が「楫取」について語るところを、ことさらに

〈表象〉として扱ってみようというわけなのだ。

＊

あらためて言うまでもないことながら、『土左日記』に記されている帰京の船旅にはさまざまな困難がつきまとっていた。

海路の日和に恵まれず、当時標準と定められていた日数を大幅に超えるにいたった長い旅程。

数年後の天慶の乱にやがて頂点を迎える「海賊」による襲撃の脅威。

赴任中になしただろう蓄財を当て込んで、見返りを目当てに饗応する京近くの人びと。

だがなによりも、狭い船内に、平生であれば接触することも稀な〈下層の者たち〉と、一月半にわたり同居せざるをえなかったこと。これは「船君《ふなぎみ》」をはじめとした〈みやこびと〉をもって任じる人びとには、まことに耐えがたい生活環境だったのではないだろうか。

先に二章で考えてみたように、かれら／彼女らが乗った船は準構造船で、乗員・乗客合わせて三十人規模のものでしかなかったようだ。そこには赴任先の国司の館や京の屋敷などでは視界にも入らなかったような下仕えの〈しもじもの者〉も同船していただろう。だがなによりも、帆走がままならないため船を漕ぐことをもっぱらとする船子《ふなこ》と、かれらを指揮して船の運航を差配する梶取。そうした船乗りの存在がある。かれらがいなければ京には戻れない、そのかれらと同船を余儀なくされたことから生じる軋轢。とりわけてはこの楫取との鞘当てが、周知のように作品の端々に表現されている。

＊

『土左日記』においては地方民衆の姿が描かれてはいながら、みやこぶりを共有しない／しえない人びとにたいする書き手の視線は冷やかである。その冷やかさは多くの場合、土地の人びと・船旅に習熟した人びとならではの視座に思いをいたしえないところから生じている。

楫取に最初に言及されるのは、十二月二十七日の次のくだりである。

楫取、もののあはれも知らで、己《おのれ》し酒をくらひつれば、早く往なむとて、「潮満ちぬ。風も吹きぬべし」と騒げば、船に乗りなむとす。

別れを惜しんでなおも追いかけてきた人びとと、浜辺で仮の宴を開き歌を詠み合うという、その最後の離別の座を無体にも中断させ、強引に船を出そうとする無粋な酒飲みの姿である。(4)

ところが萩谷朴の考証によるなら、当日の「潮満ちぬ」といわれた時刻は、おおよそ午後三時五十七分である。その日のうちにたどり着くべき浦戸までは、約四～五時間の行程を残している。すると「楫取りが先を急ぐのももっともである」という。(5) 天文学的知見を裏づけとするこの推定が正鵠を射ているのであれば、書き手は船の運航をつかさどる者の立場を理解しないために、「もののあはれ」を知らぬわがままな人物として楫取を〈表象〉していることになる。

このくだりを読む者もまた、おのずとその〈表象〉を共有して楫取の人となりを〈思い浮かべる（表象する）〉ことになるにちがいない。

＊

テクストをさらに読み進めると、右のような楫取の〈表象〉は徐々に変容してゆくかもしれない。もちろん船を漕ぎだして以降の強欲ぶり（一月十四日）や無邪気な様子（同二十六日）についての記述に接すると、右の楫取像はさらに強固なものになるかもしれない。だが、船旅も終わりに近づいてきた二月四日の、次のくだりはどうだろうか。

楫取、「今日、風雲の気色はなはだ悪し」と言ひて、船出ださずなりぬ。然れども、ひねもすに波風立たず。この楫取は、日もえ計らぬ乞丐《かたゐ》なりけり。

ここに示されている楫取の〈表象〉には、単なる賤視というにとどまらず、ある種の敵意ないし怨念といったものが感じ取られる。

もとより『土左日記』が事後にまとめられたものであってみれば、楫取についての書き手の否定的なイメージとその表現、つまりその〈表象〉は、船旅の全行程を経たのちに明示的な形成を見たものであったろう。風向きや、海賊の出没、幣《ぬさ》の奉納などについての判断を全面的に楫取に委ねなければ帰京は果たせない、そうした依存状況におかれて、「楫取らの、「北風悪し」と言へば、船出ださず」（二月二十五日）などと書きつけるところに、楫取の差配への不満が鬱積してゆく様子が垣間見られる。こうした不満と不快の念が、次にも触れる鏡の奉納や船賃の清算の件もあって、帰京後の書き手・貫之に深いわだかまりを生じさせたのではなかったか。そうであるなら、『土左日記』を書き綴るさいに、その事後的な全体表象に基づいて、ここぞとばかりに「乞丐《かたゐ》」といった卑罵語の使用をも辞さない〈表象〉へと憤懣を凝縮させたのが、右の二月四日のくだりだったにちがいない。さかのぼって「もののあはれも知らで」という表現も、同様の経緯で書きつけられたのではなかったか。

京に戻ってこうした酷評を書き記したのは、名目上は「船君」であるはずのかれと楫取との関係が、旅の途中、狭い船のなかで、ある種の「権力闘争」の様相を帯びていたからだろう。(6) つまりは経験にもとづく天候の判断を優先する楫取。対して、内容は不明だが「さわること」（二月八日・二月十日）があるとして船出をさせなかったりもする「船君」との、主導権争いにも近いものがあったのだろう。してみれば、風土に密着した経験知を軽侮し、〈みやこぶり〉を切り札として自己をことさらに優位に置くスタンスが、楫取の〈表象〉に刻印されているように思われてくる。

ちなみにこの視点から読むなら、旅中、楫取が発した何気ない言葉に情趣を感じたり、和歌になぞらえたりしたのも、「人の程に合はねば〈楫取という分際にはふさわしくないので―底本『新編　土左日記増補版』脚注〉」（二月二十一日）という評価が根底にあったからだろう。もののあわれやみやびといった規矩《きく》、それを共有する者としない者との画然たる区別が、そこには前提にされているのだろう。さらに極言すれば、楫取の自発的な言語表現を、〈王朝文化〉の美意識の側から簒奪しようとする所作であると、これを見ることもできなくはないのである。

＊

貫之に代わって着任した新国司や、彼の地で親しくした「貴族」との別れは、じつに懇ろに行なわれ、またその様子もそれなりに詳しく〈表象〉されているのにたいして、楫取についてはその出会いの挨拶のさまも描かれなければ、その別れに言及されることもない。

楫取が最後に登場するのは、待ちわびた難波に一行が到着する直前、二月五日の住吉付近の航行場面である。船君らが例によって吟詠に興じていると、急に逆風が吹きはじめ、船子たちがいくら漕いでも船は逆行するばかりとなる。楫取の意見で幣を海中に奉納しても効き目がなく、「住吉神がもっと喜ぶものを」とのさらなる具申を聞きいれて、鏡を海に投じたところ、ぴたりと海が凪いだという。その一連の成り行きを、作者は一言でこう評する。

楫取の心は、神の御心なりけり。

この一文については、言葉遊びによる諧謔と読むことができるなど、いくつかの解釈の可能性があるようだ。そのまま「楫取がぴたりと住吉神の心を読み当てた」と読むこともできるように思うが、しかしさまざまな解釈を検討したうえで萩谷朴は、「(いうなれば)楫取りの〈欲深い〉心がすなわち神様の御心というわけだったのだ」と訳している。(7) これは、欲深い粗野な楫取といううくだんの〈表象〉を前提とし、それを反映させた訳文というべきかもしれない。

この二月五日以降に、楫取や船子への言及はない。しかしその〈痕跡〉がまったくないわけではないのだ。

翌六日、川尻から淀川に入って、両岸から曳き舟をさせながら、京へと川をさかのぼる。どうにか山崎にまで達した二月十一日の条に、「相応寺のほとりに、暫し船を留めて、とかく定むる事あり」

とある。これは長期にわたった船旅の運賃の清算を行なうなどしたとされている。楫取との交渉が容易でなかったであろうことは、京に車をとりにやるまでの続く二日にわたり「山崎に泊まれり」とあることからも推測できよう。この山崎とは、大橋が懸けられ寺社が散在する水陸交通の重要地であり、「河陽《かよう》遊女」の存在でも知られた遊興の地であった。(8)船子たちは、船賃の交渉が行なわれているあいだ、船乗りならではの停泊地での遊び、しかも長期の仕事を終えた打ち上げの遊びを、遊女らを相手に愉しんだのではなかったか。そうしたかれらの姿が簡潔な記録表現から〈思い浮かぶ〉のは、わたしだけのことだろうか。

その山崎で一行を下ろしたかれらは、同じ楫取を頭にいただく船で、そのまま南国に戻っていったのかもしれない。あるいはちょうど京を離れる客を乗せて、新たな旅の仕事に就いたのかもしれない。その行方は杳として知られないままである。

*

最初に触れたように〈表象〉という言葉は多様な意味を内含している。そのことを踏まえてこれを歴史研究の基礎概念としたシャルチエにとって、一番の力点は、テクストを読むこと、つまり「読書」という〈表象〉にあった。もちろんそれはなんらかの作者/発信側の〈表象〉をそれぞれのしかたで受容するという〈表象〉である。

繰り返しになるが、テクストを読むとは、各自なりの変容的摂取を行ないながら、そのつどさまざまな〈表象〉を構成することであって、この〈表象〉は作者とされる者たちが作品に付与した〈表象〉と同一のものではない。その受容の過程で多様な意味が生み出されるのであってみれば、作者の〈表象〉に寄り添う必要はない。よく知られたベンヤミンの言葉を援用して言うなら、テクストは「逆なでに読む」(「歴史の概念について」テーゼⅦ)ことができるのである。

そもそも読者は、つねに独自の〈表象〉の産出を行なっているわけなのだ。この点に自覚的であること。『土左日記』の楫取の例で言えば、作中の記述を進んで〈表象〉と捉えながらテクストを読み直してゆくこと。それは「古典文学」と呼ばれる、書記能力を当時独占していた階層の手になるテクストを、その階層の視点からのみ読むということから解き放たれる道であるにちがいない。

注

(1) 服藤早苗「『土佐日記』のジェンダー」木村茂光編『歴史から読む『土佐日記』』一八九頁参照。

(2) 二宮宏之「アナールの現在」同『歴史学再考—生活世界から権力秩序へ』(日本エディタースクール出版部、一九九四年)二五八—二五九頁参照。

(3) 二宮宏之「歴史の転回・歴史学の転回」前掲書二七四頁、同「読解の歴史学、その後」前掲書三〇二

—三〇三頁参照。

（4）安田麻理子「土佐日記の楫取像—漢文訓読語に注目して」（『広島女学院大学大学院言語文化論叢』第十二号、二〇〇九年）は、『土佐日記』で用いられる漢文訓読語の多くが楫取に関連して用いられていることに注目し、それらが「無風流」で「強欲」な楫取をあるいは滑稽視し、あるいは皮肉る効果を立体的に挙げていると指摘している。この箇所もそうだろう。

（5）萩谷朴『土佐日記全注釈』一〇〇頁参照。

（6）深沢徹『自己言及テキストの系譜学—平安文学をめぐる7つの断章』（森話社、二〇一〇年）六九頁参照。

（7）萩谷朴前掲書三二〇頁。

（8）高松百香「山崎・石清水八幡宮」木村茂光前掲編著一二二頁参照。

五　仮名文とナショナリズムと――『土左日記』の〈虚実〉問題・再考

「文学にとって虚構とはなにか」
「虚×実」

それぞれ昨年（二〇一二年）刊行された、日本文学協会『日本文学』一月号、および物語研究会『物語研究』第十二号の巻頭特集テーマである。

文学研究において、虚構と実在の交錯があらためて問題になるというこの状況は、「歴史叙述論の曲がり角にいま来ている」（藤井貞和）(1)という昨今の情勢を反映してのことだろうか。もっとも、肝心の歴史学界からの方法論的発言はといえば、日本社会ではこのところごろごく数えるほどのものになっているようだ。二〇〇五年教科書検定の結果にたいする近隣諸国の激しい抗議以降、いわゆる歴史認識問題がしばらく後景に遠ざかってきたためでもあるのだろうか。(2)

その間隙を縫って、というべきかどうか、二〇一三年になって要職にある政治家が、「侵略の国際的定義は存在しない」として村山談話（一九九五年）を見直す姿勢を示したり、「従軍慰安婦」制度は各国共通のもので日本だけが責められるべき筋のものではないとの発言を行なうなどした。さらにこれらの発言を受けるかのように、政権第一与党の教育問題担当機関が、現行の歴史教科書には「自虐史観」に基づくところが多いと指摘し、教科書検定基準の「近隣諸国条項」の見直しを提唱するにいたった。この一連の流れは、戦後の日本国民の平均的歴史観を戦前のそれへと「修正」する、長期的な企図の枠内に位置しているようにわたしには思える。

『新しい歴史教科書』（扶桑社）の市販本が二〇〇一年に出版された前後に、「歴史は物語である」というフレーズが流布した。わたしの理解するところでは、歴史記述はなるほど物語り行為を基軸に構成されているが、虚構との区別をもたない「物語」であろうはずがない。歴史学は周到な調査探究によって過去の痕跡を現在に甦らせつつ、現行の歴史記述を確証ないし改訂する作業を不断に行なっている。その調査探究によってあらわになる「不都合な真実」を「歴史＝物語」論者は、教科書に記載して国民が共有する知識にする必要はないと見なしてきたのだった。「不都合な真実」に真摯に向き合うことをもって「自虐史観」と称するという、一九九〇年代に一民間団体によって造られたこの言葉が、ついに政権与党内の公的提言に用いられたことの意味は大きい。

扶桑社版『新しい歴史教科書』の口絵には、「日本の美の形」と題してさまざまな美術作品がカラーで掲載されていた。日本古典文学、とりわけ平安王朝文学もまた、同様にナショナルな閉域に組み入れられ、「わが国語の美しい持続」の枢軸と位置づけられるのだろうか。歴史教育のみならず国語教育もまた、現在すでに攻撃的な排外主義を伴走させているナショナリズムの涵養へと、奉仕させられてゆくのだろうか。

こうした情況を視野に入れながら以下では、研究の最前線で論陣を張ってきたいくたりかの論者の所説を取り上げながら、『土左日記』における虚実の問題にさまざまなスケールで接近してみることにしたい。

*

紀貫之によって書かれたといわれるこのテクストは、「日記」という名称から連想される実録であるより、むしろ進んで虚構世界を構築したものである。そうした指摘はすでに多くの研究者により、周到な地理学的・修辞学的検討にもとづいてなされてきた。たとえば一月二十日の条にあるように、月が「海の中よりぞ出で来る」ことは停泊地の地理的条件からして不可能であり、その条を締めくくる歌の下の句に、月が「波より出でて波にこそ入れ」とあるのは虚構の叙景であるといったことなどがそれである。

もっとも、テクストがまったくの空想譚やたとえ話の類いでない以上、なにがしか「現実世界」に足場を置きながら書かれていることもまた明白だろう。遠国の任地からの帰京という大枠は、作者の実体験に基づいて設定されたものであり、いくつかの地名や船旅の様子なども、当時の実状に対応すると考証されている。もっぱら京に住む貴族層が、作品を享受する読み手として想定されているのであれば、古今東西の小説に用いられている「現実世界の参照」によって、読み手にとっての「リアリティ（迫真性）」が作品に与えられている。そのうえでの虚構世界の構築ということになろう。虚と実は、単純に二項対立関係にあるわけではない。

ところで作品の虚構性ということでは、なんといっても冒頭の「をとこもすなる日記といふものを、をむなもしてみむとてするなり」という一文が、作者を女性に擬するいわゆる「女性仮託」として、全体のフィクショナルな骨格を支えるものとされてきた。これにたいして日本語史研究の小松英雄が二〇〇六年に刊行した『古典再入門―『土左日記』を入りぐちにして』において従来の解釈をきっぱりと退け、右の冒頭文はあくまで「日記を仮名文で書いてみよう」との「意思表示」であるとして、話題を呼んだ。(3)「をとこもす」に隠された「男文字」に対応する「をむなもし（女文字）」がここに読み取られるというのが、その論拠である。

この解釈の着想を小松英雄は、古今集の和歌に見られる「複線構造」から得ている。紀友則の「わかやとの　はなふみしたく　とりうたむ　のはなけれはや　ここにしもくる（我が宿の花踏みしだく鳥打たむ野はなければやここにしも来る）」における「とりうたむのはなけれはや」には、「鳥打たむ野はなければや」という一次的仮名連鎖に「龍胆《りうたむ》の花」という二次的仮名連鎖が隠されている、といった構造である。[4]なるほど、とは思うが、問題は小松英雄が強調するように、二次的仮名連鎖を取り出したあとの一次的仮名連鎖を、「食べ終わった弁当の箱のようなもの」[5]として視野の外に置いて差し支えないかどうか、ということだろう。

たとえば、トマス・モアの著作タイトル『ユートピア』（Utopia どこにもない場所）は英語では"eutopia"と発音が同じで、「良き（eu-）ところ（topos）」の意味を隠している。しかしながら依然としてその「良きところ」としての「ユートピア」は同時に「どこにもないところ」を意味し続けている。同様に、小松説に従って「をむなもし」が日記仮名文書き宣言を第二次仮名連鎖において含みもつと解した場合も、表の意味としての「女もしてみむ」はなおも第一次仮名連鎖として並存し、いわば多声構造をなして響きつづけるのではないだろうか。そうであるなら、「女性に仮託したものとして読まれるのを作者は予想している」という理解をまでも退ける必要はないことになろう。ただし小松説は、以下でも触れる〈テクストが仮名文字で書かれていること〉に改めて目を向けさせる点で、重要なものであるのだが。

さてそうすると、『土左日記』のテクストにおける虚実の交錯は、当面つぎのように図式化できようか。

まず〈全体としての虚構性〉が、冒頭の女性仮託と「それの年」という朧化表現とによって担保されている。だがこれには〈全体としての現実性〉による裏打ちが、任地からの帰京というストーリーや船旅という設定によってなされている。他方、〈部分における虚構性〉というべきものが、一月九日の条で「宇多の松原」と称する場所に唐絵の図柄を模した松と鶴を配したり、一月二十日の条で阿倍仲麻呂の歌における初句の「天の原」を「青海原」に変更したりといったしかたで現われる。とともに、御崎（室戸岬）を回って以降の海賊の脅威や、難波から川尻に入ってからの渇水期の川上りの難儀といった〈部分における現実性〉もまた、同時に作中に組み込まれている。しかもこれらが多くの場合、虚実混淆の表現へと融合してゆくことは、菊地靖彦が一月八日の条の「さはることありて、なほ同じところなり。今宵、月は海にぞ入る」を例に、仮名文の特性によって実記と虚構との境界が巧みに不分明にされていると指摘しているとおりだろう。(6)

かくして冒頭に宣言される〈全体としての虚構性〉は、作中で〈部分における虚構性〉が自在に展開されることを可能にし、しかもこれと混淆する〈全体としての現実性〉が、〈部分における現実性〉によって具体化されながら、京を生活圏とする読み手にとっての「リアリティ」を作品全体に供給する、という関係になっていることになる。

ちなみに、テクストの全体を貫く「任地で亡くした女児」への追想が、フィクションなのか事実なのかについては、見解が分かれるようだが、亡児の母が作者本人であるようにも、同船の他の女性であるようにも書かれている点に疑問があることについては、事実説に立つ萩谷朴自身によってすでに指摘がなされている。(7) わたしの見るところ、右に述べた〈部分としての虚構〉は多くの場合、歌を詠む場面をしつらえるものとして機能しており、亡児追慕の個々のくだりもまた同様ではないだろうか。哀傷歌が貫之のよくするところであったことをも勘案すれば、亡児への追想はそうした〈部分としての虚構〉を支える〈全体としての虚構〉として機能していると見るのが適当と思われるのだが、もとよりこれはひとつの理解にすぎない。

＊

『土左日記』の本文表層における〈虚実〉の構造について、ひとまずの見通しを得たところで、考察の「縮尺（スケール）」を上げながら、このテクストに含まれる虚と実の諸相について、さらに諸家の見解を紹介検討してゆこう。

歴史的事象は、さまざまなスケールで考察される。それらは通約不可能なものであり、それゆえ全体と細部を同時に捉える一義的な決定論的把握を許さない。むしろ「それぞれのスケールにおいて、他のスケールでは見られなかったものが見え、しかもそれぞれの見方が正当性をもっている」。パスカルの衣鉢を継ぐポール・リクールのこの言葉に示唆をえて、以下の検討は進められる。(8)

神田龍身『紀貫之』（二〇〇九年）はその第七章「仮名表記の思想」において、『土左日記』青谿書屋本のテクストが純粋仮名文に近いものであることに注目し、次のような指摘を行なっている。

このテクストでは「日記」「京」など、仮名による表記が不可能な外来語にたいしては、例外的に漢字を用いるが、訓読みの漢字は原則として用いられていない。ということは、音読み漢字中心のテクストに対抗するというしかたでそれは成立したものである。ここには「日本語音声主義というナショナリズム」(9)が見られるのだ、と。

同書のあとがきによれば、現行の日本古典文学研究は「窮めたる音声主義の場」であるという。そうした音声主義は、遡って『土左日記』において創始されたものであることになるのだろう。

だが神田龍身はもう一歩論じ進める。

この音声主義の立場から、『土左日記』の作者は「みずから語る者」であるよりも、「現場の声を漏れなく拾う「耳」的存在」として位置づけられている。だがそれはあくまで建て前にとどまる。書かれたパロール(口頭言語)の装いをとったこのテクストは、貫之自筆本を定家が漢字を当てながら書写したときにすでにそうであったように、文字化されていない漢字を彷彿とさせるものである。それは仮名文によって「演出」された「純粋日本語」(10)であるにほかならない、と。

漢文の影響を受けない、純粋無垢の「やまとことば」。初期平安仮名文学にそれが文字化されているという幻想が、『土左日記』という作品そのものにおいて巧妙な作為によって創出されたものであることを、この分析はあらわにしてくれる。それは漢字文という〈他者〉との差異を措定することによって、〈自─他〉の対における〈自己〉として仮構され、しかもその〈自己〉に隠されている〈他者への依拠〉においてこそ、成立するものだったのだ。

そこで神田龍身は結論として次のように語る。貫之の仮名文は表面上はパロールとしての日本語音テクストでありながら、実のところは「漢字文化の影響を被った、まぎれもないエクリチュール〈書記言語〉である」[11]。しかもパロールを最後まで偽装して、末尾で「とくやりてむ」としてみずからの消滅をまで語りながら、じっさいには紙上の音声として残り、かつ読み継がれることになる。この意味でそれは巧妙な「戦略的エクリチュール」[12]なのだ、と。

この視点からは、貫之のテクストに含まれるさまざまなフィクションのなかでも、仮名文字こそが純粋な日本語音を偽装するものとして「最大のフィクション」[13]であることになる。ひとを容易にその夢から覚めさせないフィクション、現代にまで連綿と効果を発揮し続ける虚構が、『土左日記』に仕組まれているということになろう。

＊

考察のスケールを大きくしてみよう。

ここに参照するのは深沢徹『自己言及テキストの系譜学』（二〇一〇年）に収録された論考「さすら

いの旅の果て──『土佐日記』に見る音声中心主義《フォノロジスム》と、その行方」である。複数の論点が交錯しているが、いま取り上げたいのは、『土左日記』が書かれ享受された「時代社会的背景」へのまなざしである。

海賊の襲来にひどく怯える貫之ら一行。その姿の背後に、平将門と藤原純友の大規模な反大和朝廷軍事行動（いわゆる承平・天慶の乱）の予兆を読み取るのでなければ、『土左日記』が書かれ受容された当時の歴史社会的文脈を正しく理解したことにはならないという。(14)

じっさい年譜類を見ると、将門と純友が相次いで蜂起したのは、貫之が帰任した直後の九三五年から九三九年にかけてであり、これは『土左日記』が執筆されたと推定されている時期に当たる。とくに純友が当初、海賊追討の実質的な任にあたったさい、追捕南海道使として現地におもむいたのは紀淑人であり、貫之と同族の人物であった。その指揮下で追討の側にいた者が、おそらくは新任国司の横暴にたいし在地の土豪の側に立って反乱を主導するにいたったという事態は、近隣地域で国司を経験した貫之の関心を大きく惹いたにちがいない。京に住まう貴族らの動揺については言うまでもない。

このことから深沢徹は、『土左日記』に或る政治的意図が隠されていなかったはずはないとする。その意図とは「「支配するもの」と「支配されるもの」とに階層分化した社会矛盾を何とか繕う」ことにあった。それを目指して貫之は当時の社会を、対「中国」、対「漢文」という対他関係を通して

「文化的に再統合し、中心化」しようとしたのだ、と。(15)

ここでいう「中心化」とは、大和朝廷を中心とした政治秩序の回復を意味するものだろう。ではそれは具体的にはどのように遂行されるのだろうか。深沢徹によれば、音声と文字とが一対一のしかたで対応する「言文一致」というユートピアを、〈女〉というジェンダーに割り振られた「仮名文」を通して回復することによってである。それがユートピアであるというのも、私的で日常的な話し言葉と公的で儀礼的な書き言葉とのズレが解消されるところ、すなわちわたしなりに言葉を補えば、社会矛盾の源泉である階層分化が消滅する〈不在の場〉でそれはあるからだ。(16)

かくして貫之は漢字文を〈他〉として措定し、話し言葉と書き言葉との一致を「仮名文」を通して実現しようとする「「言語ナショナリスト」の走り」であり、『土左日記』は「言語ナショナリズムを鼓吹する神話的テキスト」となるにいたった。(17) 神田龍身の論に通底する議論だが、両者の異同はここでは措いて、深沢徹においては「縮尺(スケール)」を一段階上げて、歴史社会的背景を視野に入れていることに改めて注意しよう。

一切が言語ナショナリズムに回収されそうに見える『土左日記』のテクスト。しかしそこにはひとつの「「希望」の抜け穴」(18)が穿たれている。それはくだんの「任地で亡くした女児」についての記述であるという。これはどのようなことだろうか。

深沢徹の立論によれば、テクストにおける過去の助動詞「し」の用例のうち、半数近くが亡児追想の文脈で使われている。これは、基本的に現在完了で書かれているテクストの時間を統括し背後で支える「絶対的な「過去」」として、追想の記事が位置づけられていることを意味する。「死」という取り戻すことのできない事態。けっして現在にいたりついて完了することのない過去。現在から決定的に断絶しているところの「テキスト内世界に外在する超越的な「過去」」として、それは現われてくる。ここに働いているのは「文学的想像力」にほかならない。それは「意味されるもの（シニフィエ）」との一対一の対応関係にはない「超越的なシニフィアン（意味するもの）」である。あるいは、シニフィアンにたいしてさらにそれを意味するものとしての「浮遊するシニフィアン」である。このようなものこそが、「いま・ここ」にしか価値をおかない政治権力の支配する一元的世界から抜け出す方途になるわけだ、と。(19)

「文学的想像力」という近代的な概念ないし発想を、ここで自明化して導入していいのかどうかはわたしにはわからないが、しかしすでに見た「ナショナリズム」も「エクリチュール」もまた、欧米近現代の用語であり発想である。それを補助線にしてテクストの特質を解明しようという趣旨そのものは十分に理解することができる。

そこでわたしなりに議論を読み替えてみよう。シニフィアンは、「現実的事象」とみなされる指示対象（レフェラン）に対応（ないしそれを模写）することによって、実在性を帯びていると思念されるのが通例である。そのシニフィアンの内実を、レフェランとは異なるシニフィエと捉えることによって、素朴実在論的ないし模写説的なテクスト観・言語観からの脱却がなされてきた。つまりはソシュール的戦略である。とはいえリクールも指摘するように、歴史学研究においては〈シニフィアン（意味するもの）――シニフィエ（意味されるもの）――レフェラン（指示対象）〉の三項関係こそが、方法的な制御を受けつつ叙述の実在性を保証してゆくものとして機能する。[20] その存在論的基礎づけがいささか困難ではあることは措いて、文学研究においても歴史考証の次元においては同じ三項枠組みが暗黙裡にも採用されている。

しかしながら、〈現在が絶対的に取り戻すことのできない死〉を語る言葉においては、生きている者にとってじつのところは理解不可能な事柄が「意味されるもの（シニフィエ）」となっており、その「指示対象（レフェラン）」と思念されるものは生の側からは絶対に到達しえないものである。このように見るとき、〈死〉を語る言葉は右の三項関係そのものの外部に立っており、その意味で「超越的なシニフィアン」として機能している。そのようなものとしてこそ、それは読者に世俗や政治の権力関係を超えさせる力をもった「リアリティ」を発揮することになる。かくして「女児の死」をめぐる語りによって、現実描写と虚構構築のいずれをも超えたフィクティブにしてリアルな次元が開けるわけなのだ。

＊

平安王朝文学が「日本文化の精華」として称揚されるとき、『土左日記』は〈やまとことば〉の言文一致に基づく散文文学の嚆矢と位置づけられてしまう。「国風文化」という時代枠組みにおいて、漢字文では表わしえない〈日本人固有〉の感情の機微を表現する仮名文を創始したものと捉えられることになる。

それればかりではない。こうした後付け的な理解以前に、そもそも貫之のテクストがみずからを漢字文・漢字文化との対立項として自己構成し、ナショナルな統一枠組みの再構築を構想したものであったのかもしれない。右に見た深沢徹の論によればそれは、大和朝廷支配にたいする将門や純友の反攻にたいする武力制圧という方途とは異なる〈文化的統合〉であり、支配・被支配の関係に起因する社会矛盾を文化的同質性の仮構により調停ないし糊塗しようという道であった。そうであるなら『土左日記』というテクストは、社会的格差の著しい増大という二十一世紀日本社会の現下の状況においてこそ、その本領を、その「リアル」な力を、発揮するものなのかもしれないのである。

さて、以上で語りたかったこと、それは、このようなポテンシャルをはらむ『土左日記』のからくりを周到に分析してゆく〈日本古典文学研究の批判的可能性〉ということにほかならない。それこそが「「希望」の抜け穴」なのだ。

注

（1）藤井貞和「歴史叙述のテクスト論的素描」（『立正大学人文科学研究所年報』別冊第一八号、二〇一二年）二頁。

（2）とはいえ二〇一〇年には遅塚忠躬の大著『史学概論』（東京大学出版会）が刊行されている。この前後の歴史理論の動きについては鹿島徹「日本社会における歴史基礎論の動向　二〇〇四―二〇一四」（岡本充弘・鹿島徹・長谷川貴彦・渡辺賢一郎編『歴史を射つ―言語論的転回・文化史・パブリックヒストリー・ナショナルヒストリー』御茶の水書房、二〇一五年）で概観しておいた。

（3）小松英雄『古典再入門―『土左日記』を入りぐちにして』（笠間書院、二〇〇六年）一四〇頁参照。

（4）同書八三―八四頁参照。

（5）同書一〇九頁。

（6）菊地靖彦新編日本古典文学全集本「解説」六四―六五頁参照。なお東原伸明「漢詩文発想の和文『土左日記』―初期散文文学における言説生成の方法」（東原伸明『土左日記虚構論―初期散文文学の生成と国風文化』武蔵野書院、二〇一五年）は、範型をいまだもたない初期散文としての『土左日記』が、漢詩文における「対」という発想を型とすることによって虚構場面を次々に紡ぎだしている様子を跡づけている。

（7）萩谷朴『土佐日記全注釈』四二四―四二五頁参照。

（8）Paul Ricœur, *La Mémoire, l'histoire, l'oubli*, Paris : Seuil 2000, p.280 ; ポール・リクール『歴史・記憶・忘却』上巻、久米博訳（新曜社、二〇〇四年）三三二頁。

（9）神田龍身『紀貫之』（ミネルヴァ書房、二〇〇九年）二八二頁。

(10) 同書二八九頁。
(11) 同書二九〇頁。
(12) 同書三〇〇頁。
(13) 同書二九七頁。
(14) 深沢徹『自己言及テキストの系譜学』(森話社、二〇一〇年)六八頁参照。
(15) 同書四三―四四頁参照。
(16) 同書四三頁参照。
(17) 同書四三頁、五七頁参照。
(18) 同書六五頁。
(19) 同書六四―六六頁参照。
(20) Cf. Ricœur, *op.cit.*, p.229;リクール前掲訳書二七四頁。

II

蜻蛉日記

一　町の小路の女のみちを歩く——室生犀星と『蜻蛉日記』

過去の人びとを包んでいた空気のそよぎが、わたしたち自身にそっと触れているのではないだろうか。〔中略〕わたしたちが言い寄っている女性たちには、もはや彼女らすらも知ることのない姉たちがいるのではないだろうか。もしそうだとするなら、かつて存在した世代とわたしたちの世代とのあいだには、秘められた出会いの約束が取り交わされていることになる。

——ベンヤミン「歴史の概念について」

『蜻蛉日記（かげろふの日記）』の上巻に、数年にわたり作者・道綱母を嫉妬に狂わせた「町の小路」の女が登場する。

「町の小路」とは京のどのあたりを指すのかは、いくつかの説があって定かではない。女の素性についても「孫王《そむわう》の、ひがみたりし親王《みこ》の落《おと》し胤《だね》なり」（第二九段）と書かれているにとどまる。その暮らしぶりにかんしては、「職業的女性の一人ではなかったか」(1)といった見方も含めて諸説ある。作者の異様なまでの悋気と、「いふかひなくわろきことかぎりなし」との評言から、女についてさまざまな推測が可能ではあるが、推測はしょせん推測にすぎない。

原文にわずかに現われてそのまま跡もなく消えていった「町の小路」の女。この女に焦点を当てた室生犀星の長篇小説『かげろふの日記遺文』（一九五九年）は、その「あとがき」に「私はたくさんの名もない女から、若い頃のすくいを貰った」と述べたうえで、次のように記している。

学問や慧智のある女は一人として私の味方でも友達でもなかった。碌に文字も書けないような智恵のない眼の女、何処でどう死に果てたか判らないような馬鹿みたいな女〔中略〕。私を教えた者はこれらの人々の無飾の純粋であり、私の今日の仕事のたすけとなった人々もこれらの人達の呼吸のあたたかさであった。

（講談社文芸文庫版テクストによる）

このようにおのれの人生に去来して支えとなってくれた、学もなく名を遺すこともしなかった女性たちを回想しながら、犀星は自作の志すところを次のように語る。

私が時を隔てて町の小路の女の中の、幾らかでも栄えある生涯の記述をすすめたのも、みな、この昔のすくいを書き留めたい永い願いからであった。

千年の時を隔てて犀星の〈いま〉に造形された「町の小路」の女は、かれを産んでのち生家を離れ、ついに二度と姿を現わすことのなかった生母に重ねられる。と同時に、かれの人生と文学を支えた右のような女性たちに幾重にも重ねられる。複数の時間と複数の出会い。歴史の痕跡を媒介にそれらが折りたたまれて作品が成立する消息を、この「あとがき」は次のように言葉にしている。

> われわれは何時も面白半分に物語を書いているのではない。〔中略〕われわれは誰をどのように書いても、その誰かに何時も会い、その人と話をしている必要があったからだ。誰の誰でもない場合もあるが、つねにわれわれの生きている謝意は勿論、名もない人に名といのちを与えて、今一度生きることを、仕事の上で何時もつながって誓っている者である。

晦渋な書きぶりではあるが、過去と現在をつなごうとする犀星の文学の基本態度がいたって真摯に語られている。作品の「あとがき」が、本文にもまして強く心を捉える書物というものがあるとすれば、『かげろふの日記遺文』はその一典型といえるのだろう。

だがこの書には、後日譚ともいうべきものがある。

＊

同作を単行本にまとめて一年が経った一九六〇年の十月、犀星は「我が草の記」という不思議な文章を『群像』に寄稿している。

不思議な文章、というのも、「創作」欄に掲載され、全集でも「小説」とされていながら、一読、はたしてそうであろうかとの疑問が湧くものなのだ。

前半は、遠く一九三七年四月から五月にかけ、奉天からハルビン（哈爾濱）へと取材を兼ねて旅したときの回想である。ところは「満州国」であり、ときあたかも七月七日の盧溝橋事件に端を発する日中戦争開戦の前夜であった。だが、犀星が描くのはあくまで、日本本土を含む近隣諸国から集まり来て繁華街キタイスカヤの裏通りにたむろする「前借り身賣《みうり》」の酌婦らの自棄的なありさま、強請《ゆすり》や「乞食同様の者」らの闇夜の生態、はては場末の「不気味な町の娼家」で終始横臥したまま客をとる女たちの「ただれ」た様子である。星野晃一によれば「作品の虚構性はかなりの程度で低いと思われる」(2)という。

これにたいして後半は、一転、大きく時間をまたいで四半世紀ののち、『かげろふの日記遺文』による野間文芸賞受賞を期に、みずから詩碑を建立するに思いいたった、その経緯が綴られている。思わず「自然主義文学」と口にしそうな筆致で細密な描写がなされている前半にたいし、後半はいかにも随筆風に、余人の手を煩わせずみずから文学碑を建てようとの思いが淡々と述べられている。

前半と後半とにつながりがないわけではない。ハルビンからの帰途、当時の「京城」の骨董屋で購入した石造りの大ぶりな俑人（副葬用人形）を、長いあいだ自宅の庭に置いておいたところ、詩碑建立を思い立ったときに、そのかたわらに安置することにしようと考える。そうした話としてとりあえずの脈絡はついている。ただ前半部で詳細にその様子が描かれる場末の「いんばい屋」において、同地滞在中のわずかなあいだに馴染んだ娼婦から「私」に贈られたという「ウラルダイヤ」については、話が妙に途切れてしまっている。

途切れていっこうにかまわないといえばその通りなのだが、しかしカフスボタン仕様だったそのダイヤを、犀星はのちに指輪に作りかえて妻と娘に贈り与えている。高価なものではなくとも、世界有数のダイヤモンド鉱脈があるウラルで採れたものであることは確かだったらしい。日頃それを愛用していた妻が『かげろふの日記遺文』連載終了直後に亡くなってからは、犀星自身の手に戻したという記念の品であり、この記述が事実そのとおりであることは、娘・室生朝子に証言がある(3)。

だが犀星は「我が草の記」後半の冒頭で、「私はそれを誰かにおくることを考へついたが、何時もわすれて了つてゐた」とさりげなく書いて、それきりダイヤモンドについては触れずに文章を終えているのである。

＊

このダイヤの指輪の一件については、じつはすでに室生朝子、および彼女にも近かった星野晃一によって、謎解きの材料が与えられている。犀星文学に親しんでいる者ならよく承知していることだろう。

犀星がカフスボタンから指輪にかえたのは戦後のことであったが、妻娘に贈るにあたって、その由来を話すことはなかったらしい。妻が亡くなってからは朝子が形見として身につけていながら、犀星がしばらくして取り戻し、さらにそれを渡した相手は、すでに数年前から秘められた関係にあった或る女性であった。晩年の犀星に十年ほど陰ながら連れ添ったその「宮城峯子（仮名）」の存在を、一九六二年三月に犀星が七十二歳で没して数か月後に来訪した彼女の父親から、朝子は初めて聞かされる。その父親の来意は、くだんの指輪を彼女自身の希望で返却したいということであった。(4)

ダイヤモンドを指輪にして、当時すでに半身不随の身にあった愛妻に、そしてその没後は周囲に隠しとおした大切な人に贈った犀星の心境は、さまざまに解することができるが、いずれにしてもそのダイヤモンドがかれにとり、ことのほか重要なものであったことに間違いはない。

「我が草の記」に信を置くかぎり、それは「石油臭い最下層のいんばいくつ」で親しんだ「白けい露人の娘」からの、心づくしの別れの贈り物であった。紀行『駱駝行』（一九三七年）ではひとことも触れられていないが、(5)あるいは旅中に成立した詩篇「中央大街裏《きたいすかやのうら》」（『哈爾濱詩集』所収）に「ことば分かちがたけれども／肌さしのべしかば見よといふならん、／おのが肌のうつくしきをいふならん」とうたわれた女性のことかもしれない。いずれにしても「我が草の記」によれば、彼女の「碧眼の奥を見つめてゐると、自分の眼も碧にそまつてゆくのがまたとない、くぐり抜けて来る内地では見られぬ美しい経験」をしたという、その想い出が、犀星をして特別な意味を当の品に与えしめることになったのであろうか。そのつどもっとも大事な女性にそれを手渡しながら、この「名もない女」の記憶をつねに甦らせ、二人の女性を重ねあわせていたのだろうか。

詩人・伊藤信吉の回想によれば(6)、犀星のハルビン行きは当初は、島木健作をはじめ多くの文学者が引き続き行なうことになる「国策的満州旅行」だったという。前年の一九三六年夏、犀星は意外なことに避暑先の軽井沢で、近衛文麿・鳩山一郎・伊沢多喜男といった政界の大物と会談をしている。それを受けてのことか、『改造』一九三七年二月号に「実行する文学」と題する評論を寄稿し、「文学を利用すべき機構に必要あれば我々は力を藉《か》し、また文学を利用してよいやうなことがらにも、我々は碌でもない潔癖を取棄てて結び付きたい」と宣言したうえで、雪解けを待ってその年にハルビン方面に旅行する計画を明らかにしている。

おそらくはこの文章に朝日新聞の文芸記者が目をつけ、各地に支局をもつ同紙の後ろだてをも得て、奉天・ハルビン旅行が実現されるにいたった。そのような「国策方向の旅行」から、しかし犀星があやうく身をかわしたのは、伊藤信吉によれば、旅に出る直前に奉天の孤児をはじめとした困民収容施設についての満鉄庶務部による調査書（『奉天同善堂調査報告』）を入手したからであった。つまりはその報告書を手にして、「自分が棄子に等しい育ちであり、実母行方知れずである」ということへの「自覚的回帰」がなされたからだったのだという。じっさい、旅を終えて朝日新聞に連載した小説『大陸の琴』（一九三七年）は、主人公による我が子捜しをストーリーのひとつの軸に据え、「満州の裏町のやうな処ばかりを描いた」（『泥雀の歌』一九四二年）作品になったのである。

だがそれに重ねて、ここでは「我が草の記」の次の一節に注目してみたい。

かういふ下層のいんばい屋の女がこれ〔ダイヤのカフス釦〕を私に贈つてくれたことと、相手が露西亜人の女であることが妙にぎらぎら光つてゐる感動のやうなものを私にあたへた。

犀星は同じ文章で彼女を「白けい露人」と呼んでいるが、これは「人種」にかかわる言葉ではなく、ソ連邦（「赤」）の支配を逃れた亡命ロシア人（「白」）のことである。当時のハルビンでは日常的にこの「白系露人」の呼称が用いられていたという。帰国すると全財産没収と強制労働が待っているとの噂が、彼女らかれらをその地にとどまらせたこともあったらしい。(7) このように無国籍の身として異国の裏町で春を鬻《ひさ》ぐ、おそらくは「革命前後のどさくさで教育さえ施されなかった」（『大陸の琴』）であろう「露西亜人の女」とのかかわりが、「国策文学」への志向から犀星文学をその原点へと立ち戻らせたという部分もあったのではないか。初期の自伝的小説のなかで描き出されている「都会の深い泥濘の底へ堕ちて行つた」(「一冊のバイブル」一九一九年)女たちの「呼吸のあたたかさ」が、そこに生き生きと甦った。そのようなこともまたあったのではないだろうか。

もしそうであるとするなら、先に見た『かげろふの日記遺文』の「あとがき」に示されているみずからの創作への姿勢が、この「我が草の記」にもまた暗に示されていると見ることができるように思われる。

＊

室生朝子は「宮城峯子」の父親からあの指輪について、「娘は先生とご一緒に出かける時のほかは、はめないで、大事にしておりました」という話を聞き、指輪返却の申し出を断りながら、次のような感情を抱いたという。自分という女が犀星にはいた。そして大切な指輪を贈られていた。そうした「言わなくともよいこと」を報告に来たところに、「その人のよさと優しさのようなもの」が伝わってくる。そのまだ見ぬ女性に「この時から好感を抱いた」、と。(8)

この父親との面談があってのち、わずかな時間ながら「宮城峯子」と会う機会をもった朝子は、彼女を「髪は濃く目鼻立ちのくっきりした美人で、従順さは言葉つきに現われていた」と表現している。その彼女に父は、母の遺品である指輪を贈っていた。それ以外にも家にある多くの品を手渡ししていた。この彼女との対面の後に『かげろふの日記遺文』を読み返したとき、主人公「紫苑」の夫・兼家が本宅から貴重な品々をそっと運び出し、「町の小路」の女である「冴野」に与えるくだりを読んで、深く感じ入ったという。

私は峯子を知ってから読み返し、この章の前であらゆる言葉を失ってしまった。冴野こそ峯子の分身、というより、ひかえめなあたたかい心で、男を魅きつける魔力のようなものを、身につけている女、峯子そのものであると思った。(9)

陰の女性や娼婦という存在に過剰なまでの思いを寄せがちなのが、男性中心主義的な視線というものである。これにたいし右の一文は、そうしたものを超え出たところで、父の心の幾重もの襞に折り込まれた女性への奥深い感情を思いやるところから発せられた言葉というべきだろう。

*

犀星は長篇の創作に先だって『蜻蛉日記』の現代語訳をも試みていた(一九五六年刊)。そのかれは遠い昔の作品に痕跡を遺した「町の小路」の女の正体をどのように見ていたのだろうか。『かげろふの日記遺文』のなかで、主人公が夢うつつに冴野と会話をする場面で、冴野が次のように語るくだりがある。

私はやはり町の小路の女にならなければなりません、いやな言葉ではございますけれど、殿方の間を逍《さま》よい歩くような……

千年の時を経て、「宮城峯子」は犀星の没後に「政治関係の老練な男性の囲い人」になったといわれている。(10) こうした暗合をどのように捉えるかは、受け手それぞれの感じかたによるのではあろう。だが犀星であればおそらく『遺文』の「あとがき」にあるように、このようにいうにちがいない。「千年の後の或る日の女も、まだ町の小路の女のみちを歩いている。逢おうとすれば何時にでも、誰とでもそのような人に逢えるのだ」、と。

注

(1) 西木忠一「兼家の妻妾たち(1)―町の小路の女をめぐって」『滋賀大國文』第二六号(一九八八年)一三頁。

(2) 星野晃一『室生犀星―創作メモに見るその晩年』(踏青社、一九九七年)一八頁。以下は同書第一章に多くを負っている。
（3）室生朝子『父 室生犀星』（毎日新聞社、一九七一年）二三〇―二三一頁参照。
（4）同書二二七―二三〇頁参照。
（5）戦中の自伝『泥雀の歌』（一九四二年）「二十三、哈爾濱の章」でもハルビンの娼窟にはいっさい触れず、ダイヤのカフスボタンはその地を去る駅頭に見送りに来た五、六人のうちの「或る夫人」から贈られたことになっている。
（6）伊藤信吉『室生犀星―戦争の詩人・避戦の作家』（集英社、二〇〇三年）九六―一〇六頁参照。
（7）加藤淑子『ハルビンの詩がきこえる』（藤原書店、二〇〇六年）一七三頁、小関久道『ハルピン・回想』（文芸社、二〇〇二年）三五頁参照。
（8）室生朝子前掲書二三三頁。
（9）同書二四七頁。
（10）船登芳雄『評伝 室生犀星』（三弥井書店、一九九七年）二六五頁参照。

二　家父長制と「女の自伝」

広く知られているように、古典期のアテーナイにおいて、女性は一部の例外をのぞき「家」に閉じ込められた存在だったという。プニュクスの丘で開かれる民会の討議に典型的な、都市国家《ポリス》の公民としての活動は、彼女たちの立ち入ることができる領域ではなかった。ポリスという公共空間からは遮蔽された「家」こそが、女性の生きかつ死ぬ場所だったといわれている。

ここでいう「家《オイコス》」とは、性活動が営まれ、出産によりポリスの新しい成員が誕生する場である。とともに、男女の奴隷による生産労働・家事労働が行なわれるところの一定規模の家政《オイコノミア》の単位である。

家長としてそれを統括する成人男性は、これら生命活動に必要なことがらを配偶者たる女性と奴隷とに委ねることによって、「必需」つまりは「必然性」の領域から「自由」な存在として政事《ポリテイア》にたずさわり、有事には武装自弁で戦場に赴き、平時にはアゴラなどでの言論活動を繰り広げた。ポリスとはこうした、家長にして自由市民たる成人男性により構成される政治共同体にほかならなかった。

女と奴隷は、ともに同じカテゴリーに属し、〔私生活のなかに〕隠されていた。

アリストテレス政治学にのっとって、古代ギリシア人の自己理解を端的にこう表現したのは、『人間の条件』(一九五八年)のハナ・アーレントである。(1)

同書によれば、労働と仕事から解放されたポリス市民のあいだでは、言葉による説得、すなわち「言論」の意義が次第に高く評価されていった。暴力により人を強制すること、説得するのではなく命令することは、ポリス以前的なやり方であり、「アジアの野蛮な帝国」のものと見なされたのだ、と。

しかしながらその「野蛮」は同時に、当のギリシア都市国家の内部にも見られたのではなかったか。すなわちほかでもない、家長が「絶対的な専制的権力」(2)をもって支配する家庭や家族の生活に。

家父長的専制を存立基盤とする「自由」なコミュニケーション空間において、ひとは対等なメンバーに向かってみずからが「何者であるか(who)」を明らかにする。それは言論と活動を通じてなされるが、しかしこれらはいうまでもなく、行なわれると同時に消滅するほかはない。それを恒久的なものにするのは、芸術作品である。アーレントは語る。

そもそも動物は個体と種の保存のための生命活動を、際限のないサイクルを描きながら営んでいる。これにたいし人間は、この円環運動を明確な「始まり」と「終わり」をもって直線的に区切り、それによってひとつの「物語」を成立させる。それは他者により反復されることも代替されることも不可能なものであり、そうしたものとして当人の生の同一性を保証する。とはいえ、いかに卓越した言論と活動からなる生が遂行されたとしても、誕生から死までの物語の全体を当人が語ることはありえない。「物語」の語り手の役割は、同時代あるいは次代の芸術家、すなわち歴史家や伝記作者、記念碑建築家や劇作家などによって引き受けられるのだ、と。(3)

周知のとおり「物語」という言葉は、二十世紀の後半以降、たんに文芸の一ジャンルにはとどまらない思想用語として用いられてきた。一九六〇―七〇年代歴史理論のダントーやヘイドン・ホワイトら物語り派《ナラティヴィスト》の活躍、一九八〇年代前半のマッキンタイア「物語り的《ナラティヴ》自己性」、リクール「物語り的自己同一性」の提唱に刺激を受けて、社会心理学・教育学・家族療法など広範な分野で、従来にないアプローチを可能にする概念として使用された。人間の生における「物語」の意義に光を当てる点で、アーレント『人間の条件』はこうした一連の流れに先鞭をつけたといえるかもしれない。

だが、近代社会を批判的に捉えるための対称軸として古代ポリスをつねに参照するアーレントからすれば、「語るに足るまとまりをもった物語」を生み出すのは、あくまでポリス的公共空間においてなされる「行為《アクション》」にほかならない。(4)すなわち「労働」は、生命体としての自己保持と種の保存という循環的運動の一部をそのつど遂行するにすぎず、とりたてて語り遺されるべきものを生み出さない。耐久性をもつ道具や家具・建築物を製作し、さらには芸術作品をすら創り出して後世に遺す「仕事」についていえば、仕事という働きそのもの、ないし仕事にたずさわる者の人生が、特段に物語られて後世に伝えられることはない。公的世界において物語として記憶に遺され、将来にわたって称讃を呼びおこす生は、「イニシアティヴ」すなわち「新たにことを始める能力」に基づいて政事に参画する自由市民によってのみ営みうることになる。

いうまでもないことながら、「家」に閉じ込められた女性たちは、物語を語る主体でも客体でもありえなかった。

以上のような古代ギリシアにおける「女性」と「家」と「物語」とについての分析に接し、ひるがえって時代も社会も隔絶した『蜻蛉日記』に目を転じるとき、この作品の成立がいかに突出した出来事だったのかが改めて浮かび上がってくる。

もとより『蜻蛉日記』の作者は、その人生の全体が他者によって記録され語り遺されたわけではない。まして公的空間における顕彰の対象になったわけでもない。同時代の圧倒的多数の女性と同じく、彼女もまた「名を遺す」ことなく藤原道綱母とだけ知られている。

しかしながら大和朝廷支配下の列島社会において、十世紀、すなわちそれまでの対等な男女関係に代わって貴族層を中心に家父長制度が確立された時期に、(5) 自分の半生の軌跡をみずからの筆で書き遺すことをなした。もとは夫・藤原兼家のための家集として構想されたとも、『伊勢集』冒頭部にその雛型が見られるとも言われているが、(6)上巻に序跋を置いたところに端的に見られる「自己語り」の作品意識を見のがすことはできない。

もとより古代ポリスと平安京とは、その家父長制のありかたにおいて同日の談ではない。家父長制は平安中期においては古代ギリシアほど強固ではなかったとの指摘もある。(7)だが宮仕えをせず生涯を「家」に過ごした「女」が、数十年にわたる「自分の人生の物語」を執筆し「公けにする」にいたったことは、やはり刮目すべきものであるように思う。

*

『蜻蛉日記』は、その内容からしても、他から隔絶してひとり屹立しているテクストである。一例だが柿本奨《つとむ》は次のように語る。「自己を語り訴えた正直さ・真摯さ・切実さの点で、この日記は特異な存在であり、作者のなまの感情がわれわれの胸をはげしく打つという点では、平安日記中、最も迫力のある作品と言ってよいのではないかと思う(8)」。

その特異性の解明に向けて、まずはそれが「自伝」であるという形式的な性格づけ――多くの読者が感じあまたの解説者が共有している性格づけ――から始めてみよう。「日記文学」といういささか意味不明な呼称も用いられてきたが、その場合には『土左日記』に始まる一連の「平安女流日記」の系譜に暗々裡にも位置づけられてしまい、「文学史」のストーリーの一コマとして平準化されて捉えられ、その固有性が後景に退いてしまう。

さらにこのテクストは、家集や歌物語、紀行文といったジャンルの作品を先行形式とし、それらの要素を内に含み込んでいるとされており、生彩ある筆致の上巻初瀬詣での記事（第六五段以下）ひとつをとってもいかにもそのとおりではあろう。けれどもそれら諸形式の単なる総和、ないし混淆として成立したのではないとするなら、そこには先行諸作品の地平からの「飛躍」が見てとられるはずである。その飛躍に働いているのは、ほかでもない、みずからの半生の特定時点に個々のエピソードをそれぞれ置いて物語を紡ぎだそうという「自伝」意識であるかもしれないのだ。

＊

実在の人物が、自分自身の存在について書く散文の回顧的物語で、自分の個人的生涯、特に自分のパーソナリティの歴史に強調を置いている場合をいう。

日本語訳もあってよく知られているフィリップ・ルジュンヌ『自伝契約』（一九七五年）における

「自伝」の定義である。[9] もっともこの定義は一七七〇年、すなわちルソーの『告白』が成立した年を起点に二世紀にわたるヨーロッパ文学のみをカバーするものであり、他の時代、他の文化に当てはめるなら的確性を欠くという。

ルジュンヌの自伝論には、そもそも「理論的にも経験的にも、自伝はジャンルとしての定義には適さない」とするポール・ド・マンの批判があり、[10] さらには『蜻蛉日記』の特性を理解するに当たってそれを参照することには、積極的な立場（森田兼吉）と大きく留保をつける立場（今関敬子）とがある。[11] だが「仮名日記文学の執筆動機」は「喪失体験」であるといったような内容面での先行措定は行なわず、まずは形式的性格の検証を進めるために、ルジュンヌの議論は仮の足場として役立つように思う。

ヨーロッパ近代の自伝と『蜻蛉日記』は、どのような異同を示しているのだろうか。ルジュンヌは右に引用した定義の諸要素をひとつずつ分析し、と同時につねに例外的要素をも視野に入れてゆく。その分析を下敷きに『蜻蛉日記』のとりわけ上巻の特質について考え進めるなら、次のようになる。[12]

一、自伝は「言語形式」においては「物語体」をとる。特筆すべき出来事を取り上げて時系列上に配置してゆく論述形式であり、随筆《エセー》などとは区別される筆法である。「自伝」という言葉をもたなかった『蜻蛉日記』の作者が、手持ちの言葉のなかから「日記」の語を用いたのは、まずは出来事のゆるやかな時系列的叙述というスタイルをとったことによるのだろう。(13) もちろん、物語体のなかで語り手が対話者に語りかける「語り(話《わ》 discours)」の文体がときに挿入されて、修辞的効果を挙げている。兼家が出産を控えた「町の小路の女」とともに同じ車で自分の門前を通るさいの作者の言葉、「この門の前よりしも渡るものか」(第二三段)といった語り口は、その意味での「語り(話)」としてあるにちがいない。

物語体とともに自伝の言語形式上の要件をなすのは「散文体」である。もちろんこれにも韻文を組み込むことができる。『蜻蛉日記』に見られる作者と兼家の冷え切った夫婦関係においては、和歌だけがコミュニケーション手段であるかのような場面も多く、たとえば「いかゞせん山の端《は》にだにとゞまらで」の歌に兼家が「ひさかたの空にこゝろのいづといへば」の歌を返して結局作者宅にとどまった場面(第二六段)など、和歌がそのまま台詞にも似た物語進行上の機能を果たしている。家集の原型をとどめるとも言われる結婚成立前後の和歌群(第四・五段)もまた、地の文に導かれつつ、当時の交流の具体相を伝えるストーリー形成機能を担っているのではないか。

二、続いてその「取り扱う主題」は個人的な生涯であり、この点で自伝は「回想録《メモワール》」とは異なる。なるほど回想録であれば、とりわけ歴史的出来事の当事者である筆者により、ことの内幕とそれについての感想などが語られることが読者に期待され、個人史とは明らかに力点が異なってくる。それでも自伝の内部で重要な政事などについて述べることは可能なのであり、『蜻蛉日記』では、中巻の範囲にはなるが、源高明左遷の記事が見える（第七二段）。そこで作者が「身の上をのみする日記には入《い》るまじきことなれども」との文言を入れているのは、このテクストが右の定義に示されるような「自伝」として作者に了解されていることを、逆に示唆しているように思われる。

三、「作者の立場《シチュアシオン》」は自伝では、作者と作品内の語り手とが同一であることが自明の前提になる。「私小説」も作者自身を語り出しているとは言えるが、語り手と作者が同一であることは、小説とはフィクションであるとの建前からして、担保されていない。『蜻蛉日記』上巻に固有名詞は出てこないけれども、序の内容上の主語＝主体がそのまま本文の主体になってゆくことから、作者と語り手の同一性が行為遂行的《パフォーマティヴ》に示されていることは明らかだ。もちろんその同一性とは、テクストの内部で両者が不断に異化し同化しあう揺らぎのなかにおいてこそあるわけだが(14)。

四、最後に「語り手の位置《ポジシオン》」は、「語り手と主人公の同一性」および「物語の回顧的な視点」によって特徴づけられる。前者は「自伝」においては同じく揺らぎながら確保されるものであるとして、後者こそは自伝を通常の意味での「日記」と区別する点であるだろう。生じたことを当日、あるいはあまり時を置かずに文章にするという行為を継続してゆくところに成立するのが日記であり、『土左日記』が「男もすなる日記」と呼んで仮構したのもそのようなものであった。これにたいして『蜻蛉日記』は助動詞「けり」を多用しながら、特定の時点においてそれまでに生じた出来事を振り返って物語る。もっとも自伝のこの回顧性は、複雑な時間構成を排除しないのであり、たとえば「町の小路の女」の失寵について時期をこれと示さずに記すところ（第二九段）は、期せずして作者の瞋恚《しんい》のほどが読者に伝わる効果を挙げているように思う。

『蜻蛉日記』は「自伝」であるという一次的な理解を『自伝契約』の枠組みを借りて捉えかえしてみると、意外にもルジュンヌが言うヨーロッパ近現代の「自伝」と形式上の基本性格を多く共にしていることが分かる。

とはいえ顕著な相違もまた見られるのである。

ルジュンヌはある作品が「自伝」と見なされるのは、そのテクストに内在する修辞や構造によってではなく、ひとつの「契約（取り決め pacte）」によってであるという。その契約とはなによりも、テクストの表紙に作者名を掲げることによって、作者・語り手・登場人物の同一性が表明されることによってなされる。読み手にとり当該テクストが自伝であるのは、ほかでもない、固有名詞によって捺印されるこの同一性の契約によるのだ、と。[15] 対して『蜻蛉日記』のテクストには当初そうした署名性が欠けていただろう。作者名がなくとも誰の手によるのかがすぐ分かる、そうした狭いサークル内でまず流通したことだろう。

さらに進んで公表・刊行というレベルを総体として視野に入れるなら、テクストの周縁部をなす題名・叢書名・出版社名・序文などによって、読者が当該作品を自伝と読むかどうかが左右される。[16]「読解契約」とルジュンヌが呼ぶこの次元で作用するのは、『蜻蛉日記』上巻においてはその序と跋だけである。もっとも、遅くとも『大鏡』以降の読者は著者が道綱母であることを明らかな前提とし、現代にいたってはたとえば「日本古典文学大系」といった名の叢書に『紫式部日記』や『更級日記』などと抱き合わせで収められた文章として読むことによって、それを「平安日記文学」だとする「読解契約」をテクストと取り結ばされるわけなのだけれども。

*

以上のことを踏まえたうえで、さてしかしながら「自伝」というジャンル区分に拘泥する必要は、じつのところはないのだ。

ルジュンヌも語るように、[17]文学のジャンルとはそれ自体として揺るぎなく存在するわけではない。もちろんそれぞれの時代が暗黙のジャンル区分をもち、それによって新旧の作品を受容し分類しはする。しかしたとえば「自伝」というジャンルが、さまざまな形をとりはしても人類史のある時期以降につねに存在してきたとしたり、新しいジャンルとして成立して以降その本質にしたがって持続してゆくなどとするのは、いずれも本質主義的な錯視にすぎない。

ある作品を「自伝」であると予期しながら読み進めるうちに、「自伝」という言葉の内実が変容してゆくかもしれないし、そもそも「自伝」という枠では捉えられないとの帰結にいたるかもしれない。このように読解における「予期の地平」は不断に拡大し変容してゆく。あるテクストがどのようなものであるのかについての新しい了解が、新しい読解態度が、そのつど生まれてゆくわけなのだ。『蜻蛉日記』もまた、「自伝」ないし「日記文学」「平安女流日記」という通念に現代の読者が出立しながら、読まれるたびに作品性格の新たな地平へ進みゆく可能性を秘めているのである。

じっさいその上巻は、それが書かれ公表された意図にかんして、読解の地平がさまざまに変容してきた。「意図」という言葉が誤解を招きかねない（そんなものはないかもしれない）とするなら、「そこでなにがなされているのか」についての了解の地平が変化を遂げてきていると言い換えよう。

序の「世中《よのなか》にいとものはかなく、とにもかくにもつかで世にふる」といった表現や、跋の「猶ものはかなきを思へば、あるかなきかの心《ここ》ちするかげろふの日記」といった言葉にも誘導されて、このテクストは古くから、権門男性の妻になりながら夫の不実に翻弄されて懊悩する女性の手記であると見なされてきた。たとえば「兼家との結婚生活の充たされぬ嘆きを主題とした作者晩年の回想記(18)」

といったように。

このように見る場合には、そうした告白をことさらに人目にさらすのはなぜなのか、それが問題となる。それについてはこれも一例だが、自分が目にする「古物語」には『竹取物語』、あるいは相思相愛の美男美女が一夫一妻を守って暮らす典雅な作り話といった「そらごと」ばかりなので、みずからの幸不幸を偽りなく告白してひとに示そうと思い立ったという説明がなされることになる[19]。

ところが上巻後半を中心に「明るい」記事もまた多い。するとそこには「幸福の吹聴」「愛の記録」が読みとられるのではないか[20]。意表を突くこの指摘によって、一躍新しい読みの地平が切り拓かれる。この視座から執筆動機を考えるなら、受領階層の娘たちが青春時代に空想した「白馬の王子様症候群」を勝ち取ったという作者の一番の誉れこそ、「最も読者に伝えたかった点」だったことになる[21]。序跋の先に挙げた表現は、文字通りにではなく謙遜・卑下として理解すべきであることになり、「我が身ならぬ「天下の人のしなたかき」人々をめぐる記事」を、「とはんためしにもせよ」というかたちで表に立てて、私記を公表する大義名分にしているという解釈にいたりもする[22]。

だが、読解の地平はさらに拡大されてゆく。それはさらに進行中であると言わなければならない。最近、といっても二〇〇八年のことになるが、古くから解釈がさまざまに分かれ、多くの推測や断定を生み出している右の「天下の人の品たかきや」という文言を、宮内庁書陵部桂宮本の「天下の人のしなたりきや」のままとしたうえで、「天下の人の品、足りきや」と読み、「天下人兼家の品格が十分だったかどうか見てくれ」の意とする解釈が現われた。つまりは「天下の藤原兼家」の行動はその社会的評価に反して、女性のもとに通う貴族男性としては品位に欠けるものであった。そのことをえぐり出す宣言が、この序になされているというわけだ(23)。

この切り口だけでテクストの全体を捉えることは困難であろうけれども、しかし読者が漠然と感じていながら、なかなか言葉にされずにいたなにかが、ここに本文校訂レベルの根拠を伴うしかたで明示されたのではないか。じっさい『蜻蛉日記』上巻は、作者が悲哀を基調にした実生活を「自伝」形式であらわに語ることによって、夫・兼家のいかにも家父長制的な振る舞いを暴露するものであるように読めるのだから。この解釈は、ジャンル区分を超えたテクストの特異性を明らかにする道へと通じるにちがいない。テクストはここに、平安中期家父長制にたいして鋭い批判の矢を射たものであることになる。

そもそも「自己を直截に語る」という行為そのものが家父長制の枠を乗り越えるものであった。男性が占有していた「新たにことを始める能力」、すなわち「イニシアティヴ」。それが女性により、公共空間から疎外された「家」のただなかで発揮された。そのことによってこそ『蜻蛉日記』はまさに前例なきものとして成立したというべきかもしれないのである。

注

（1）Cf. Hannah Arendt, *The Human Condition*, 2nd edition, Chicago/London : The University of Chicago Press 1998, p.72；ハンナ・アレント『人間の条件』志水速雄訳（ちくま学芸文庫、一九九四年）一〇三頁参照。
（2）*op.cit.*, p.27；同四七頁。
（3）Cf. *op.cit.*, p.19, pp.97f., p.173；同三四頁、一五二―一五三頁、二七三頁参照。
（4）Cf. *op.cit.*, p.97；同一五三頁参照。
（5）関口裕子『日本古代婚姻史の研究』下巻（塙書房、一九九三年）、服藤早苗『平安朝の女と男』（中公新書、一九九五年）参照。
（6）今西祐一郎『蜻蛉日記覚書』（岩波書店、二〇〇七年）第一・三章参照。
（7）服藤早苗前掲書二〇三頁参照。
（8）柿本奨『蜻蛉日記全注釈』下巻（角川書店、一九六六年）二八四頁。
（9）フィリップ・ルジュンヌ『自伝契約』花輪光監訳、井上範夫・住谷在昶訳（水声社、一九九三年）一六頁。
（10）ポール・ド・マン『ロマン主義のレトリック』山形和美・岩坪友子訳（法政大学出版局、一九九八年）第四章「摩損としての自叙伝」参照。
（11）森田兼吉『日記文学の成立と展開』（一九九六年、笠間書院）九一―九三頁、一〇六―一一三頁、今関敬子『仮名日記文学論』（笠間書院、二〇一三年）二八―四〇頁参照。
（12）以下ルジュンヌ前掲書一七―一八頁参照。
（13）柿本奨前掲書上巻一六頁参照。
（14）この点については詳しくは、磯村清隆「『蜻蛉日記』・上巻の表現構造」（『大阪城南女子短期大学研究紀要』第二一巻、一九八六年）参照。なお冒頭にも見られる「人」という、しばしば問題になる表現は、「混合人称」（小西甚一）をなすものではなく、対象化された「過去の自分」であるとひとまず理解しよう（加藤浩司「蜻蛉日記における助動詞キ・ケリの用法について」『名古屋大学人文科学研究』第二三号、一九九四年、五―六頁参照）。

(15) ルジュンヌ前掲書三一頁、四〇頁参照。

(16) 同書五五―五六頁参照。

(17) 同書四五一―四五九頁参照。

(18) 中野幸一「王朝女流日記の達成」久保朝孝編『王朝女流日記を学ぶ人のために』（世界思想社、一九九六年）二四一頁。

(19) 武山隆昭「「よにおほかるそらごとだにあり」の解釈―蜻蛉日記の執筆意図にふれて」『椙山国文学』第三号（一九七九年）参照。

(20) 清水好子「日記文学の文体」『國文學 解釈と鑑賞』（一九六一年二月号）三二―三三頁参照。

(21) 服藤早苗『平安朝 女性のライフサイクル』（吉川弘文館、一九九八年）七四頁参照。

(22) 今西祐一郎前掲書三五―三七頁、四六頁参照。

(23) 日記文学研究会蜻蛉日記分科会（秋澤亙・川村裕子・斎藤菜穂子・鉢本正行・本橋杏子・山本真理子）「蜻蛉日記注釈試案（一）」（『新潟産業大学人文学部紀要』第二〇号、二〇〇八年）二四―二六頁参照。

三　物語るということ――道綱母とイサク・ディーネセン

『蜻蛉日記』、とりわけその中巻の作者としての道綱母に、次の言葉を捧げてみよう。

どのような悲しみも、それを物語に変えるか、それについて物語れば、堪えることができる。

『蜻蛉日記』も上巻では、「町の小路の女」に夫・藤原兼家の寵愛を奪われて煩悶しながら、その女の失寵ののちはなお曲折を見せつつも、求められての兼家邸への病気見舞い、初瀬詣で、大嘗会見物などの記事を配し、全体として幸福の吹聴とも読める展開となっていた。

対する中巻では、期待に反して兼家の新邸にはついに迎え入れられず、新しく近江を娶ったかれの足がさなきだに遠のいたこともあって、道綱を連れて鳴滝の般若寺に籠るにいたる。のち京に連れ戻されても状況は変わらず、近江のもとに夜毎兼家が通っているとの噂に接するというあたりで筆が擱かれている。床離れのことはなお下巻に委ねられるとしても、この中巻、ことに鳴滝参籠のくだりが作者の懊悩の頂点を記すものであるとは、衆目の一致するところのようだ。

もとより中巻もその内部において文体・表現態度ともに変容を見せているし、上巻をそのまま受けるかのような始発部を冒頭に置き、最後にはある種の諦念・人生観照を示すにいたるとも言われているが、ここではあくまで遠目で捉えたい。なにより道綱母が、近江登場の以前にすでに「なほいかで心ととく死にもしにしがなと思ふよりほかのこともなき」（第八九段）と思いつめ、鳴滝籠りのさなかにいたっては「ひた心になくもなりつべき身」（第一一五段）とみずからを語るというような心的境涯にあったことに注目しよう。

この中巻には上巻のような序跋がない。読み手を意識はしているけれども、公表については白紙のままに「悲しみ」の自己物語が書きつづられている。さまざまな背景・事情があったであろうが、ひとつにはまさに「それについて物語れば堪えられる」からではなかったか。

個々の出来事の「悲しみ」「嘆き」の度合いは強く、想起するだけで堪えがたい。だが日記体をとった物語りの形式をとるなら、それらは断片的でしかもそのつど完結する場面において描かれ、半生の時間秩序にしたがって羅列されてゆく。(1) 出来事は相対化され平板化されて棘《とげ》を抜かれるのだ。と同時に、全体を唯一無二の自分の生のかたちとして書き遺すことによって、のちのちまで多くの「話し相手」に語り聞かせることができる。身の上を聞く相手のいること自体が、すでにして慰めであるだろう。

さきに上巻をまとめた道綱母にとって、物語り行為がもつこのような効果は熟知されていたはずだ。だからこそ彼女の筆は、さらに先へと進められていったにちがいない。

＊

ところで、最初に挙げた一文は、デンマークの作家イサク・ディーネセン（一八八五―一九六二年）の言葉として知られている。

イサク、というファーストネームから、ただちにこれを男性名と知る感覚を、あるいは日本社会の読者の多くは持ちあわせていないかもしれない。旧約聖書創世記に見える、神に試されたアブラハムが燔祭の捧げ物にしようとした子供の名がイサクであったことを、言われれば思い出す読者は多いだろうけれども、この名がヘブライ語で「笑う人」を意味するとまで知っているひとは、ごく限られているだろう。二重、三重に屈折した含意を含むこの筆名をもった作者の本名は「カレン・クリステンツェ・フォン・ブリクセン＝フィネケ男爵夫人」である。

デンマークの東部海沿いの富裕な家にカレン・クリステンツェ・ディーネセンとして生まれた彼女は、第一次世界大戦勃発の一九一四年に英領アフリカ（現ケニア）に渡って、幼なじみのブロル・フォン・ブリクセン＝フィネケと結婚し、共同で大規模なコーヒー農園の経営をはじめる。だがその高地がコーヒーの栽培に適さないために経営は思わしくなく、酒・女・賭博・狩猟に耽る不実な夫には、梅毒を感染させられさえする。さらにはかれとの別居・離婚の前後に親密な関係になった英国人のデニス・フィンチ＝ハットンとも、その飛行機事故により永遠の訣《わか》れにいたる。一九三一年、デニスが世を去った三か月後、世界恐慌の影響を受けてついに破産し、アフリカに別れを告げてデンマークに帰国する。

齢五十に届こうというそのときから、イサク・ディーネセンを筆名とする、物語作家としての彼女の新しい人生は始まった。アフリカですでに書きはじめていた物語をまとめて、米国で『七つのゴシック物語』（一九三四年）として出版するや、五万部を突破するベストセラーとなる。本国でも当初は覆面作家として読書界の大きな話題となって以降、英語とデンマーク語で執筆をつづける彼女の名声は最期の時まで衰えることはなかった。珠玉の、という形容もけっして通り一遍の賛辞ではないその物語群には、日本語訳もまた少なくない。(2)

先の言葉は、ハナ・アーレントが『人間の条件』第五章の題辞とすることによって、広く知られるようになったものだ。じつはディーネセン自身の言葉ではなく、ある友人が彼女について語ったものであるとの由だが、(3)それについてはいまは措こう。ここで指摘したいのは、彼女が自分の半生の「悲しみ」を直接「物語る」ことはしていないという、その一点である。

ハリウッド映画『愛と哀しみの果て』（一九八五年）の原作ともなった『アフリカの日々』（一九三七年）は、本名での出版を希望していた一冊であった。そのこともありしばしば自伝的作品といわれている。ところがアフリカ生活の節目だったはずの結婚・性病罹患・離婚といった出来事にはいっさい触れられていない。あのデニスとの関係ですらごく暗示的に触れられているだけの、不思議といえば不思議な回想記である。

とするならディーネセンが行なったのは、『蜻蛉日記』の作者とはことなり、自分の「悲しみ」を「物語る」ことではなかった。むしろそれを「物語に変える」ことだったにちがいない。桝田啓介によれば彼女みずから、「自分の〈物語〉を百年前のあのロマン派の時代に戻した」と語っている。もちろん自分の作品の背後に「現実の体験」があることは認めるが、しかし「わたしたちはその人生の現実を避けてもかまわない」のだという。(4) じっさいそのとおり、彼女自身の実体験らしきものは、その物語群に痕跡を見せていない。

あえて言うなら、かつて彼女のコーヒー農園を来訪するたびに新しい「物語」を聞かせるよう求めたデニスにたいする喪失感が、それらの作品として結晶したということになるのだろうか。アーレントにならって言えば、「アフリカにおいて生活と恋人とを失った悲しみが彼女を作家にし、いわば第二の人生を与えることになったのかもしれない」、と。

＊

もうひとつ、ディーネセンと道綱母とを対照させて考えることのできる点がある。父親との関係がそれである。

『蜻蛉日記』の作者は受領層に生まれた娘のつねとして摂関家の御曹司に娶られることを夢見ており、その夢がとりあえずは実現されたことを読者に伝えたかったのではないかと言われる。こうした解釈は、一面の真実をつくものであるにはちがいない。とりわけ上巻は前章に触れたようにそうしたものとして読むことができそうだ。

だがこれは翻って考えるなら、彼女が父・藤原倫寧《ともやす》の期待を一身に担って成長したという、そのことを意味しているにちがいない。

倫寧の出自は、藤原北家の「傍流」といわれる。左大臣冬嗣から三代下った父・惟岳にいたっては、最終官位が従五位下武蔵野介と、およそ下級貴族の地位に甘んじるまでになった。この父の生涯に照らして我が身を顧みたとき、長ずるにつれ歌作に尋常ならざる才を発揮し、加えて「本朝第一美人」のひとりとのちに言われた容姿をもつ娘は、倫寧にとり一個の〈社会的資産〉であったにちがいない。(5) 入内させ女御の地位を得させるところまでは望めないにしても、権門の、ということは当時では北家嫡流摂関家の公達に添わせることが、みずからの社会的上昇の道として思い描かれていただろう。兼家以前にもいたという求婚者たちが、どのように想いを断たれたのかは定かでないけれども、すでに家父長制的婚姻制度が確立していた当時は「娘の結婚の決定権は父親が持っていた」(6) とするなら、あるいは倫寧の意に染まなかったからではなかったか。これにたいし正二位右大臣師輔の息である兼家の場合には、かれみずから倫寧へ直接申し出たのを皮切りに婚姻が成立している。つまりは倫寧が「良縁」と思い、彼女に取次いだにちがいない。(7)結婚後、倫寧がはじめての外任にあたり大国・陸奥の守に任じられたのもまた偶然ではないとすれば、かれの思惑はこの段階ではうまく当たったものと見られる。陸奥国に旅立つさいに兼家に宛てて詠んだという「君をのみたのむたびなるこゝろには行末とほくおもほゆるかな」（第九段）も、たんに娘一人の仕合わせを願ってのものとはいえまい。

だが結婚後の道綱母の境遇はといえば、父親のさらなる期待に応えてゆくものではなかった。兼家にはすでに、長男・道隆を産んだ時姫という室がいた。彼女もまた藤原北家傍流の受領層を父とするという（従四位上摂津守藤原中正）。諸説あるが、当時は正妻（北の方）という地位が流動的なものであったとすれば、(8)兼家の正室の地位を獲得することは、状況次第では道綱母にとって十分に可能だったはずである。だが、兼家とのあいだに三男二女をもうけた時姫にたいし、『蜻蛉日記』の作者は道綱ひとりをしか得られなかった。上中巻を貫く〈通ってこない夫〉への苛立ちは、そのようにあからさまに語られることはなくとも、ほかでもない〈子作りをなしえないこと〉への焦燥でもあったろう。

それでもなお、九六六（康保三）年賀茂祭見物のさいの時姫との連歌の記事（第五一段）には、「歌才に優り、兼家の愛情をより得ている」という道綱母の心理的優位が見られ、この時点でもまだ時姫の正妻としての地位は確立されていなかったであろうといわれる。(9)このライバルとの争いは、上巻末尾近くに触れられているように、時姫の長女・超子が入内し、女御になった段階でほぼ決着がつく。さらに九七〇(天禄元)年二月、東三条の兼家新邸に(おそらく)時姫が子どもたちとともに迎え入れられ北の方の地位を手にしたところで、「あまたの子など持たらぬ」(第三九段)道綱母の明らかな敗北に終わることになる。新邸落成の前年閏五月における、道綱母に遺書をまで書かせた病いは、こうしてみるとみずからが迎え入れられないことを知って生じた深刻な〈鬱状態〉であったようにも思えてくるのだが、それはともかく、この敗北は倫寧にとっても大きな失望を意味し、道綱母にとっては父の期待についに応えられなかったことを意味したであろう。なお、翌九七一年六月の鳴滝籠りは兼家にたいし自分の地位を認めさせるための「賭」であったともいわれているが、(10)これについてはいまは立ち入らずにおきたい。

幼時に両親からなんらかのマスターナラティヴ、みずから辿るべき人生の原型的物語を与えられてひとは育つという。その物語の内面化をつうじて形成される当人の社会的アイデンティティは、青年期において個人的アイデンティティとの相克という危機を生み出す。エリク・H・エリクソンならそのように言うだろう。だが、近代的な自己のアイデンティティなどもちあわせなかったにちがいない道綱母にとり、父・倫寧に与えられた人生の物語のモデルは、受領層の子女の「白馬の王子様症候群」とあいまって、強固な生の規範として働いたように思われる。その夢が破れ、さらには追い打ちをかけるように〈第二夫人〉の地位すら、遅れて兼家と婚姻関係を結んだ近江によって脅かされるにいたったところに、中巻における道綱母の「嘆き」はきわまってゆく。

*

イサク・ディーネセンの場合は、どうだったか。

物語作者としての彼女を高く評価するアーレントは、『暗い時代の人々』（一九六八年）に収められた一篇を彼女に捧げている（「イサク・ディーネセン　一八八五―一九六三」）。ディーネセンの作品のみならず、インタビューでの発言をも多く参照しながら書かれた文章である。先のディーネセンのものとされる言葉を、アーレントは次のように言い換える。

物語は、それ以外の仕方では単なる出来事の耐え難い継起にすぎないものの意味をあらわにする。(11)

困難に満ちた人生の意味をかろうじて開示し、運命として受け止めるための物語の力を認めたうえで、さてアーレントは意外にも、というべきか、次のように指摘する。ディーネセンはその前半生においてこの力をわずかにも誤認した。つまり「自分の生涯の物語を語りえない人間は、考慮に値する人生を持ちえない」と考えていたのではないか。そのことによってさらに、人生とはひとつの物語として生きられるべきものであり、その物語を「真実のものとして実現すること」こそ人生においてなすべきものと見なしていたのではなかったか、と。(12)

アーレントによれば、じっさい若きディーネセンとは、まさに「実現すべき物語」を担っていた人物であった。それはほかならぬ彼女の父親がその人生において示した物語を受け、その「続篇」として自分の人生において演じるべく計画された物語だったという。どういうことだろうか。

桝田啓介の論考を参照して、(13)以下アーレントの語るところを敷衍してみよう。ディーネセンの父親は、軍人であるとともに著述により生計を支える作家でもあった。かれは若い日に従妹の少女を愛したことがある。その少女が二十歳で急逝してからは、軍役を経て、ひとり北米先住民のもとで一年ほど狩猟三昧の生活を送っている。帰国して著述活動に入り、一家をかまえたけれども、ディーネセンが十歳のときにみずから命を絶った。

父の愛した少女がかれの従妹だったことから、ディーネセンの最大の望みとは、すなわち〈父方の親戚の一員になること〉だったのではないか。父親の先祖にわずかに伝わる〈貴族の血統〉にたいする憧れを、現実のものにしようと願うことになったのではないか。じっさい彼女は外戚に当たる男爵ブリクセン家のハンスに惚れ込んだのである。しかしハンスは彼女に興味を示さない。そのために婚約してアフリカにともに向かったのが、ハンスの双子のきょうだいであるブロルであった。

もちろんディーネセンの望んだこの物語は、先にも見たようにけっして成就することはなかった。彼女は〈物語を真実のものとして実現しようとする罪〉、つまりは〈あらかじめ考えられた形式に従って人生を操作しようとする罪〉によって、罰せられたのである。

四十八歳になって生活のため余儀なく物語作家へと転じてはじめて、彼女はようやく自分に定められた運命をあるがままに受け入れるようになった。しかも右のような〈罪〉を主題に、いくつかの物語を書くにいたっている。そのひとつが日本語訳もある「不滅の物語」である。船乗りの夢として語り継がれてきた〈大金の報酬をえて美女と一夜を共にする〉という物語が、あくまで願望であり実現されたことはなかったと知って苛立った富豪の老人が、それをそのまま実現させようとするという奇譚である。みずから詩人になれないことを悟った紳士が、農民出の詩人を発見し、詩作のインスピレーションが生まれるとかれの信じた不倫関係をみずから設定して破滅するという、「詩人」という物語もある。アーレントの見るところ、これらの作品は、ディーネセン自身の「若気の過ち」、人生を操作して物語を実現しようとした過ちから教訓をえて成立した物語にほかならないのであった。

＊

道綱母は、作家としてディーネセンのような物語を書くことはなかった。「若気の過ち」から教訓を引き出すといったこともおそらくはなかった。

アーレントが語るように、ひとは物語を真実のものとして実現しようとするのではなく、自分の人生の物語が明らかになってくるのを辛抱強く待たなければならないのだろう。そのようにして明らかになってくる物語を、想像力のなかで反芻したうえで、それに従って行動するのでなければならないのだろう。とはいえ言うまでもないことながら、そうした熟慮を経て自分の人生の歩むべき道を明察し、それに従って行動することは、十世紀後半大和朝廷の貴族社会に生きた道綱母にとって、可能な道ではなかった。

『蜻蛉日記』の作者は自分の生の「悲しみ」を、そのまま「日記」という物語によって表現したのであろうか。その文章から、物語を真実のものとして実現しようとした罪にたいする罰を読み取るのか、あるいはあくまでも「悲しみを物語ることによりそれに堪えよう」とする姿を見てとるのか。それは読む者にゆだねられていると言わなければならない。

注

（1）三谷邦明「蜻蛉日記の時間感覚―詩人の日記あるいは和歌的時間の文学」（『一冊の講座　蜻蛉日記』有精堂出版、一九八一年）参照。
（2）以上については「世界文学全集Ⅰ―08『アフリカの日々／やし酒飲み』（河出書房新社、二〇〇八年）

横山貞子解説、カマンテ・ガトゥラ『闇への憧れ―もうひとつの「アフリカの日々」』（リブロポート、一九九三年）西江雅之解説、Judith Thurman, *Isak Dinesen. The Life of Karen Blixen*, Penguin Books 1984, pp.311ff. 参照。

（3）Cf. http://en.wikiquote.org/wiki/Karen_Blixen（二〇一三年八月六日閲覧）。

（4）桝田啓介「物語作家カレン・ブリクセン、匿名イサク・ディーネセンの誕生」『法政大学文学部紀要』第三〇号（一九八五年）一四八頁参照。

（5）服藤早苗『平安朝の母と子』（中公新書、一九九一年）八〇頁参照。

（6）服藤早苗『平安朝 女性のライフサイクル』六五頁。

（7）岡一男『道綱母―蜻蛉日記芸術攷』（有精堂出版、新版一九七〇年）七二頁参照。

（8）『王朝文学文化歴史大事典』二〇五頁参照。

（9）星谷昭子「『蜻蛉日記』の作者の結婚―兼家の妻として」上村悦子『蜻蛉日記解釈大成』第九巻（明治書院、一九九五年）所収、四八―四九頁参照。

（10）川村裕子『蜻蛉日記の表現と和歌』（笠間書院、一九九八年）第一篇第三章参照。

（11）Hannah Arendt, *Men in Dark Times*, San Diego/New York/London : Harcourt Brace 1968, p.104 ; ハンナ・アレント『暗い時代の人々』阿部齊訳（ちくま学芸文庫、二〇〇五年）一六七頁。

（12）Cf. *op.cit.*, p.105 ; 同一六八頁参照。

（13）桝田啓介前掲論文一三八頁、一五六頁以下参照。

四　異形のひと

ヨーロッパ最古の史書とされるヘロドトスの『歴史』に、次のような挿話が記されている。

ペルシア王カンビュセスに敗れ捕虜となったエジプト王プサンメニトスは、捕らわれた娘が奴隷の服装で水汲みをさせられて自分の前を通るのを見た。友人たちはみな、まわりで泣き悲しんだのに、かれは目を地面にそそいだまま一言も言わずにじっと立っていた。

それから間もなく、息子が死刑に連れ去られるのを見たとき、同じ落ち着きを押しとおした。だが臣下の一人が捕虜の中にまじって連れてゆかれるのを見ると、はじめて自分の頭を叩き、ひどい悲しみを表わした。

（第三巻十四章――モンテーニュの再話による）

プサンメニトスは娘や息子の悲惨には動じるところがなかった。にもかかわらず臣下の零落した姿を見るや、いたく嘆き悲しんだ。なぜだろうか。なぜその逆ではないのだろう。解釈は古来さまざまである。

アリストテレスいわく、「前者は恐怖をもたらすが、後者は憐れみを誘う」のだから、と（『弁論術』第二巻八章）。モンテーニュによれば、「王の心はすでに悲しみに満ちていたので、ほんのわずかに悲しみが増しただけで忍耐の堰が切れたのだ」（『エセー』第一巻二章）。エルンスト・ブロッホが別の解釈を示している。娘や息子のようにあまりに近しい、直接の体験に属するものではなく、臣下のように距離がありながらもぎりぎりかかわりを保っているものこそ、当人の姿を鏡のように映しだす。自分の姿を鏡としての臣下に見て、王は沈黙を破り号泣するにいたったのだ、と（『未知への痕跡』「沈黙と鏡」）。

だが右の物語の真骨頂は、説明が付されていないところにあるのではないか。説明づけられていないからこそ、その後二千年にわたって人びとを沈思に誘い、さまざまな解釈を生み出し、いまも生み出しつづけているのではないか。そう指摘するのは論考「物語作者」（一九三六年）のヴァルター・ベンヤミンである(1)。

「物語る」とはどのようなことか。ベンヤミンは言う。

現下の高度資本主義においては、「情報」がさまざまな媒体によって人びとのもとに届けられる。それは即座に検証することができ、しかもあらかじめ説明がほどこされている。そのため身近な出来事についての判断の拠りどころを与えてくれるが、その生命は短く、ただちに次の情報に取って代わられてゆく。これにたいして「物語」は世代を超えて語り継がれもすれば、当人が体験したことや伝え聞いたことが語られもする。物語る者それぞれの語り口によって潤色されるが、事柄そのものはあれこれの説明から解き放たれて語り伝えられる。そうすることにより受け手もまた記憶して容易に語り継ぎうるものになるとともに、どう受け止め解釈するかはそのつど受け手の自由に委ねられ、「情報」にはない理解の振幅が与えられるのだ、と。

説明のない、あるいは説明のつかない出来事の語りに接してそのまま読み過ごし聴き過ごすわけにいかないとするなら、無理にでもなんらかの解釈を与えて安心をえようというのがひとの常である。そうではあってもしかし、いつでもその語りに立ち返り、あらためて別の意味をそこから汲みだそうと試みることはできる。ベンヤミンが、そしておそらくはブロッホもまた行なったように、身近な人びとと語り合うこともできる。「物語」とはいつでも機会さえあれば読み手／聴き手を自分のもとに呼び戻し、あらためて思いをめぐらすよう促してくれる、そうしたものであるにちがいない。ベンヤミンにとってヘロドトスは、ギリシア最初の「物語り手」なのであった。

ヘロドトスを「物語り手」と見なすのは奇異に思われるかもしれない。古来「歴史の父」と謳われてきた人物に、この語はふさわしくないのではないか、と。

しかしよく知られたことだが、かれの『歴史』は全体を貫く主題をペルシア戦争と見定めながらも、プサンメニトスの挿話のような逸話・伝承・口碑から、風説・噂話に類いするものまでを無数に含んでいる。右の直前の箇所を見るなら、エジプト人の頭蓋骨が硬くまた禿頭の者が少ないのは、幼少期に頭髪を剃って陽にさらされ頭骨が硬く厚くなったからだと、現地で耳にした巷説をそのまま書き記している。キケロが「歴史の父」の尊称を与えながら、同時に無数の「お話（伝説・物語fabula）」がその著作に含まれていると指摘したとおりなのだ（「法律について」第一巻五章）。

だが二十世紀後半に歴史における「物語の復権」が唱えられるにつれて、かれのテクストにも新たな光が与えられてゆく。そのままでは埋もれてしまっただろうさまざまな口碑伝承を、ギリシアにとどまらずさまざまな地域にみずから出向いて採集し、丹念に書き遺した事績が再評価され、「ヘロドトス崇拝」（藤縄謙三）とまで言われる状況が現出したという。(2) さらに最近にいたってはヘイドン・ホワイトが、専門歴史学により史料批判や調査研究をへて提示される「歴史学的な過去」に手厳しい批判を加え、これに代えて「実用的な過去」、すなわち人びとの生活実践に役立つさまざまに伝承された過去を復権するよう提唱している。(3) ヘロドトスの『歴史』もまたそうした過去の宝庫と見られてしかるべきだろう。ベンヤミンのヘロドトス評価は、あるいはこうした流れの先駆けになったものと見ることができるのかもしれない。

ある出来事を前後の出来事と関連づけ、さらにはその時代状況や社会構造のうちに位置づけて、通時的・共時的な因果連関のうちに取り込むこと。同時代資料の助けを借りて、出来事の全貌と歴史的意義を語り出すこと。専門学科的な方途をとるにせよ、日常的な場で行なわれるものであるにせよ、そうした手続きは事柄についての一義的な理解を与えてくれるかもしれない。現にわたしたちのまわりは、ただちに物事に説明を加えることのできる人びとに満ちている。だがその代償となるのは、当の出来事のまえにたちどまり、そこに含まれる事柄の内実を反芻すること、時間のつらなりや時代状況を飛び越してそのインパクトをいまに呼び戻すことなのだ。そうした早わかりを避けて立ち止まり、熟思する道は、いつでもどこでも開けているだろうけれども、なにより説明や解釈を加えることなく出来事をそのまま伝える「物語」こそ、ひとをそうした道へ導くものであるだろう。

*

『蜻蛉日記』の下巻に、正体不明な異形の者が現われる。夫・兼家の訪れも絶え郊外は広幡中川あたりに転居した作者が、寒中ひとに誘われて神社に参詣した、その帰途における出来事である（第一八〇段）。

祓《はらへ》などいふところに、垂氷《たるひ》いふかたなうしたり。をかしうもあるかなと見つゝ、帰るに、大人《おとな》なるものの童装束《わらはさうずく》して、髪をかしげにて行くあり。見れば、ありつる氷を単衣《ひとへ》の袖《そで》に包み持たりて食ひゆく。（祓殿《はらえどの》などという所に、氷柱《つらら》が何ともいいようがないほどみごとに垂れさがっている。とてもおもしろいわと眺めながら帰る時に、一人前の大人でありながら、童装束をし、髪をきれいにつくろって行く者がある。見ると、さっきの氷柱の氷を単衣の袖に包むように持って、食べながら歩いて行く。）
（訳文は新編日本古典文学全集本による。以下同）

この人物がなにものであるのかは、手もとにあるいくつかの注釈書や校注本を見てもさしたる説明がない。

外見についても性別の判断に一致を見ていない。そのため「をかしげ」と言われる髪形は「いわゆる大童。髪は束ねず垂らす」（新日本古典文学大系本）であるとも、男童の「みづら」かもしれない（新編日本古典文学全集本）とも言われて定かではない。「童装束」の意味するところも、「童女の格好〔略〕。汗衫（かざみ）姿か」（川村裕子）とも、男童と見た上での「細長」（喜多義勇）ともされ、さらにはそうした「良家の子女の装束」ではなく「葵祭の使者に従う童や五節童《ごせちのわらわ》の装束」だった可能性も指摘されている（上村悦子）(4)。肝心の正体については、わずかに川口久雄が旧日本古典文学大系本（岩波書店）の頭注で「社会外の社会の風狂の逸人」であるとして「遊行の巫祝の類か」と述べ、柿本奨『蜻蛉日記全註釈』が「女」と見て、いでたちや次に引く科白から「狂人に類する者なのであろう」と注記している程度である。いずれも推測だが、それにしても「風狂の逸人」と「狂人」とではひどくちがう。

道綱母はどう考えたのだろうか。童形の大人というだけなら牛飼童などで見慣れていただろうから、あえて右のように記したのは、姿形の艶やかさが目を惹いたからなのだろう。そこで「ゆゑあるもの（それなりの由緒がある者）」ではないかと思う。ところが声をかけた同行の者にたいし、氷を口に含んだままに「丸《まろ》をのたまふか（私に仰せでございますか）」と答えたため、「なほもの（とりたてて言うほどでもない下賤の者）」にすぎなかったと考えたのだという。

すでに指摘されているように、『蜻蛉日記』には作者と同じ受領階層との交流がまったく記載されていない。さらには、右の出来事の一年ほどのちに息子・道綱が子をもうけながらも、この初孫の誕生に触れるところがないのは、母親が下級官人の娘で、しかも作者の女房だったからだとも言われる。(5) 右の「ゆゑあるもの」から「なほもの」への落差に失望するさまは、いかにも上昇志向・貴人好みの作者らしいと言うべきか。

本文ではこれに続けてかの人物が「これ食はぬ人は思ふことならざるは（これ〔氷〕を食べない人は、願い事がかなわないのですよ）」と語り、それを聞いた作者が、縁起でもない、そんなことを言っている本人が氷で袖を濡らすように涙で袖を濡らすような様子ではないか、と独りごちて、「わが袖の氷ははるも知らなくに心とけてもひとの行《ゆ》くかな」と心のなかに詠じたところで記事が終わる。あの者は作者には「心とけ」た、すなわち気軽でのんびりした様子に映ったようだ。

この段は歌物語の形式を踏むとともに、末尾の歌で作者の境涯を嘆いて見せることにより、作品全体の一部をなすものとして間然するところがない。ただし「怪しのもの」(喜多義勇)の正体は最後まで明らかにされず、というより作者にも不明にとどまったのだろう、そのままに逸話として語り遺されたようだ。

明らかでないと言えば、この段の前後には脱文ないし錯簡があるとも、いったん擱筆したあとが見られるとも言われ、いつの出来事なのか、床離れのあった九七三(天延元)年冬のことか、翌年一月のことなのか、不明にとどまっている。月日にかんする記述に欠け、前後からも何月のことか明らかでないのは、ここがはじめてだといわれる(6)。さらには舞台となる神社がどこなのかもつまびらかにしない。つづく箇所に三日ほどして賀茂神社に参詣したと記されているので、あるいは稲荷神社かとも思われるが、貴船神社とも清水寺あたりとも言われており、これまた確定できない。「日記」に記載されながら時も場所も明らかでない場面に忽然と現われ、作品世界を横切るかのようにそのまま姿を消していったこの異貌の人物は、まことに不可思議な存在と言わなければならない。

この段を含む『蜻蛉日記』下巻は、かねてから上中巻にくらべ「物語」的な性格を帯びると言われてきた。懊悩する作者の嘆きはなおそこかしこに記されはするが、内省の記録としての強度は弱まって客観的な筆致が目立ってゆき、作品本来の私家集的世界との分裂において物語的世界が立ち現われている。[7] 表現面でもときに著しい直叙形式が用いられており、その俯瞰的な視点のとりようは「どこか物語の語り手のそれと相通ずる所がある[8]」という。

なるほどあらためて下巻を通読するなら、兼家の落胤を養女に決め、家に迎えたちょうどそのときに兼家と劇的に対面する。右馬頭遠度がその養女に求婚したあげく、どうしたことか「もとの妻《め》を盗み取りて」姿をくらます。いずれも物語的叙述として有名な箇所だが、さらには道綱が「大和だつ女」にしきりに歌を贈るさまや、思いがけない成り行きで兼家の兄にして宿敵と言うべき兼通から、求愛ともとれる歌が作者に届くくだりも、同じく「話」として「面白い」。これらの箇所をときとして傍観者であるかのような筆致で書き進めるさまは、そのつどの出来事が帯びる意外性ともあいまって一連の「物語」が語られてゆく観がある。細部に目を向けるなら評価はいろいろ分かれてくるにしても、おおまかには上中巻の執筆を経て円熟味を帯びた「物語」作者へと未完成ながらも脱皮してゆく姿を、ここに見ることができるのかもしれない。

ただしここで言われる「物語」とは、先にベンヤミンに見た物語とはいささか位相を異にしている。先行する「古物語」との関係は措くとして、作者が直接経験した事柄以外にも筆が及ぶ超越的視点や、クライマックスに向けた緊密な構成、事実的な時間からの解放により生み出される広義の虚構性。そうしたことが「物語」的性格の特性と考えられてきたように思う。対するベンヤミンにとっての「物語」は、語り手が記憶している多くの出来事がそのつど語りの場に応じて適宜引き出され、ときには脈絡もなく語られてゆく。そのことによって個々の出来事がそのまま再現され、因果的説明から解き放たれて、読者の自由な解釈へとゆだねられる。あのプサンメニトスの逸話のようにである。

もちろん下巻の「物語」的な叙述といえども、自由な解釈に開かれていないわけではない。養女をとったのは、作者みずから語るように老後の身をおぼつかなく思ったからなのか、それともゆくゆくは入内させようとの意図が働いてのことか、そうしたことが研究者によりさまざまに論じられている。兼通の贈歌も一般には作者へのからかいと見なされているが、そこにも別様の読みが可能だろう。とはいえそれら登場人物といい、主題となる事柄といい、大筋のところはテクストの内部で明らかな像が結ばれているといえよう。

下巻のそうした「物語」のただなかに、しかしその「物語的な主題の持続」を「切断」するもの[9]として、ベンヤミン的な物語が潜んでいる。説明がつけられないままに書き記され、それゆえ不可解にとどまって読み手をそのつど熟慮へと促し、そのことによって長く生命を保つであろう物語が。それは読み手にとり謎であり、解釈者にとっては難関である。あの異形の者の挿話は、この意味での「物語」であるにちがいない。

＊

分からないことについては語らないのが専門家の流儀だとするなら、分からないところをあれこれ思いめぐらすのが「物語の読み手」のならいである。あの人物の正体につき、試みに推測をめぐらしてみよう。

『枕草子』に、尼僧姿で物を乞う者が中宮定子の住まいの庭に現われたという、よく知られた記事がある。ひとりは異装であり、もうひとりは「いとあてやかなる」と言われていることもあって、かの人物はあるいはその同類かとも思わせる。次元はことなるが『蜻蛉日記』上巻の初瀬詣でのくだりに「乞児《かたゐ》」への言及があり、作者の眼がひとまず物を乞う人びとに届いていることはたしかである。とはいえ物を乞う者とするには、姿形や言動が華美で奇矯に過ぎるかもしれない。

するとそのいでたちからして、特有の技芸を示し祝儀を求める芸能者だったのではないか。旧大系本が言う「巫祝」かもしれないが、白日のもと寺社を徘徊するのにはふさわしくないとするなら、たとえば「うかれめ」と見るのはどうか。

服藤早苗によれば十世紀中頃の「うかれめ」は春を鬻《ひさ》ぐ者ではなく、古代の遊行女婦の系譜を引いて、外貌を美しく装い和歌を詠むことを主な技とする者であった。とりわけ寺社への参詣の帰路に集まって纏頭《てんどう》（芸への褒美）をえていたという。そのなかには貴族を父にもつ者もいたのであり、大和物語一四六段の「大江の玉淵がむすめ」と呼ばれる「うかれめ」がその例である。こうした者たちの多くは優れた歌詠みであったという。(10) とすれば、作者が最初に「ゆゑあるもの」すなわち「一見して由緒のある貴族階級のもの」(旧大系本頭注)と考えたのも、貴族層の出自から歌を詠むのに秀でているのではと考えたからではないだろうか。歌詠みとしての作者の関心をそそったところがあったのではないだろうか。結局は「(無教養な)なほもの」とわかって失望したというのも、そうした期待がまずあったからにちがいない。

もっともおそらくは男女の別のわからない外見、さらには祈願成就のため氷を食べるなどの奇行からすると、「うかれめ」とはいささか異なる芸能者だったかもしれない。そもそも人目を惹くいでたちや奇行、口にすることの意外さそのものが一種の芸能だったかもしれないのだ。

とはいえ、べつに物を乞うたり祝儀を求めたりと考える必要はない。悠然と境内を歩くこの異形の者は、のちに「京童《きょうわらわ》」と呼ばれるにいたる京中無頼の徒の同類、あるいはその先駆だったかもしれないのである。「京童」という語の初出とされる『新猿楽記』には、「京童の虚左礼《そらざれ》」と見える。これは続く「東人《あずまびと》の初京上《ういきょうのぼり》」と一対になって、京にはじめて上ってきた東びとに京童が悪ふざけをしたおかしみを表わしたものと推察されている。(11) 常識外れの服装をし、つららを食べれば願いが叶うとみずから食べて見せるとは、「虚左礼」つまり悪ふざけの一種だったのかもしれない。――

と、このように考証を加えながら推定を進めるなら、かの「怪しの者」を既知の人物類型へと押し込め、さらにはそれをめぐる物語をテクスト全体の筋立てに埋め込むことになりかねない。「風狂の逸人」とも言われるように、作者には従容としたさまに映ったあの者はひょっとしてまったくの独行のひとではなかったか。

性別のことだけについて言うと、いでたちや言動の描写からは判然としないというが、しかし外見上の性別のみならず「じっさいの」性別も、じつはそもそも判別不可能だったかもしれないのだ。性別を越境する者（トランスジェンダー）だったのかもしれないし、さらにはノンバイナリーとして、女性にも男性にも自己同一化しない、第Xの性を担う者だったのかもしれない。童形であったことはたしかだとして、そもそも「稚児はジェンダーを越境する存在だった」(12)。童装束や派手な髪形といういでたちは、既成のジェンダー観念を揺さぶるものだったとも思えてくる。

もしそうであるとするなら、性差とそれに基づく役割分担に縛られた日常生活からの逸脱を、かのひとはみずからの風体によって示す「傾《かぶ》き者」だったのかもしれない。つまりは「家長の支配する家の女」であり「兼家の女」でありつづけた作者にとって、まさに対極にある存在だったのかもしれないのである。

＊

物語に特有の力を見い出した論考「物語作者」のベンヤミンは、同時に物語る能力の衰退を語る者でもあった。

印刷術の普及とともに、孤立した個人の人生の意味を探究する長篇小説が物語に取って代わっていった。さらには通信技術の発展とともに「情報」という伝達形式が支配的なものになり、ひとからひとへと語り継がれる「経験」の相場が下落してゆく。物語るとは経験を伝える能力であったが、科学技術の途方もない発展により生活条件がまたたくまに変化するようになって、ひとが自分やこれまでの人びとの経験したことを語ろうとも、それに耳を傾ける人びとがいなくなった。そのためいまや、まともになにかを物語ることができるひとに出会うことは、ますますまれになってきている、と。

しかしそれでも、ヘロドトスの書き遺した逸話が二千年の長きにわたって人びとに読み継がれ、『蜻蛉日記』の一節がつねにあらたに読み直されるポテンシャルをもっているのであるのなら、いつでもどこにおいても「物語」とあらたに出会うチャンスは失われていないにちがいない。

ベンヤミンによれば、物語の語り手が直接間接に経験したことを伝達することによって、受け手に与えられるのは「助言」である。助言とは特定の問いにたいする「答え」ではない。いま繰り広げられている出来事の見通しについての「提案」なのだ。

だが、いま現に生じている出来事のまえに当惑し立ち尽くしている人びとに、物語がどのように助言を与えうるというのだろうか。おそらくベンヤミンは言うにちがいない。物語は情報のように自分を出しつくすことなく、長い時間ののちにもなお人びとに働きかける能力をもっている。長篇小説のように完結することなく「その後どうなったのか」という問いへと開けている。物語に親しんで話の「その後」を問い、場合によってはみずからそれを語り出すことを学んだ者に、助言はおのずから現われてくるのだ、と。

物語は「これからどうなるのか」「どうしたらいいのか」と熟思する人びとの側にいつも立っており、しかるべき知恵を見つける手助けをしてくれる。そうした物語は手近な図書館に、各人の蔵書に、一冊の書物に眠っている。さらにはもっぱら情報伝達の手段とされている最新の通信機器にも、それは潜んでいるにちがいない。

注

（1）Cf. *Walter Benjamin Gesammelte Schriften*, Bd.II･2, Frankfurt a.M. : Suhrkamp 1977, S.445f. ; ヴァルター・ベンヤミン「物語作者」三宅晶子訳（浅井健二郎編訳『ベンヤミン・コレクション 2』ちくま学芸文庫、一九九六年）二九六―二九八頁参照。本章で以下に言及するベンヤミン「物語作者」については、詳しくは本書第Ⅲ部一章3・4節を参照されたい。
（2）藤縄謙三『歴史の父 ヘロドトス』（新潮社、一九八九年）五二一頁参照。
（3）ヘイドン・ホワイト「実用的な過去」上村忠男監訳『実用的な過去』（岩波書店、二〇一七年）。
（4）川村裕子訳注『蜻蛉日記Ⅱ（下巻）』（角川ソフィア文庫、二〇〇三年）七四頁、喜多義勇『蜻蛉日記講義』改訂増補版（東京武蔵野書院、一九四四年）六七五頁、上村悦子全訳注『蜻蛉日記（下）』（講談社学術文庫、一九七八年）一八五頁。
（5）服藤早苗『平安朝 女性のライフサイクル』七三―七四頁参照。
（6）古賀典子「蜻蛉日記下巻の問題点に就いて―天延元年冬の記事を中心に」『國語と國文學』一九七二年六月号、四五頁参照。
（7）木村正中「蜻蛉日記下巻の構造」「蜻蛉日記下巻における物語性の文体論的考察」同『中古文学論集』第二巻「蜻蛉日記（上）」（おうふう、二〇〇二年）参照。
（8）金子富佐子「蜻蛉日記下巻〝養女迎え〟の記事における物語性について」『中古文学』第四九号（一九九二年）一四頁。
（9）木村正中「蜻蛉日記下巻の構造」木村正中前掲書一三〇頁参照。
（10）服藤早苗『古代・中世の芸能と買売春』第二章参照。
（11）守屋毅「京童の風貌―都市民の一系譜」『國文學 解釈と教材の研究』一九七六年六月号、八七頁参照。
（12）服藤早苗前掲書一三一頁。

Ⅲ　歴史の理論と物語

一　物語の衰退をめぐって ―― リクールとベンヤミン

一九三四年、パリ。

レンヌから首都にやってきた若きリクール（Paul Ricœur, 1913-2005）は、ガブリエル・マルセルを囲む金曜会に熱心に通うなどしながら、教授資格試験《アグレガシオン》受験にそなえていた。他方、亡命者として尾羽打ち枯らしたベンヤミンは、パリの安宿を転々とし、さらにはもっぱら生活費節約のためデンマークのブレヒトや、サンレモの元妻ドーラのもとに逗留するという、不安定な日々を送っていた。翌一九三五年、教授資格試験にみごと合格して、新妻を伴い最初の赴任先コルマールに去っていったリクールと、十年前の教授資格請求論文取り下げ以来、アカデミズムの道を断たれて文芸批評で生計を立て、しかもナチズムの権力掌握により寄稿先をほとんど失っていたベンヤミンとが、パリのどこかで遭遇したという記録は、残念ながら存在しない。

それでもベンヤミンにとり一九三五年とは、フランクフルト社会研究所から研究資金の増額支給をえたこともあって、それなりに仕事に打ち込むことのできた年ではあった。通称『パサージュ論』の最初の概要「パリ――十九世紀の首都」、およびかれの代表作に数えられる「複製技術時代の芸術作品」がこの年に成立している。

そして一九三六年。論考「物語作者――ニコライ・レスコフの作品についての考察」が執筆・公表されることになる。

この「物語作者」を、ベンヤミンは進んで書きはじめたのではない。同じ亡命ユダヤ人のフリッツ・リープが、副題にあるロシアの作家レスコフ（一八三一―九五年）についてのエッセイを、雑誌『オリエントとオクシデント』に寄稿するよう依頼したのだった。ベンヤミンはさほど乗り気だったようには思われないが、結果としてこの論考は、十年来のかれの「物語」をめぐる考察を、ひとつのまとまりある文章へと集約するものとなった。

そこに見られるベンヤミンの「物語」論と、それから半世紀をへだてて書かれたリクール『時間と物語』（一九八三―八五年）の「フィクション物語」論とを、思想的対話にもたらすこと。そのことを以下では試みよう。もっとも、一九三四―三五年パリでの二人がすれ違いに終わったように、この仮想の対話にも、共通点や正面からの対立点より、すれ違いのほうがはるかに多いことを、最初にお断りしておきたいと思う。

1 「物語の死」？

大著『時間と物語』のなかでベンヤミンに論及されている箇所は、驚くほど少ない。とくに「フィクション物語」と対になる「歴史物語」に関連しては、まったく触れられていない。リクールが「抑圧された過去のポテンシャリティの取戻し」というベンヤミン的なテーマをその歴史論のひとつの軸にしていることを考えるなら、これはわたしには不思議なことにすら思える[1]。

だがそのリクールも「フィクション物語」にかんしては、一箇所たいへん重要なところで、論考「物語作者」に言及しているのである。第三部第一章末尾で「あらゆる物語り《ナラティヴ》パラダイムの死、物語《レシ》の死」について語られる場面がそれである。

> ベンヤミンは語る。わたしたちはひょっとすると、物語ることがもはや場所をもたなくなった時代の終わりにいるのかもしれない。なぜなら人びとは、互いに分かち合うべき経験をもたなくなっているのだから、と。かれは宣伝情報（information publicitaire）の支配に、後戻りできない物語の後退の徴候を見たのである。
>
> （TR II 57；II 四二）[2]

ここに言及されているベンヤミンの指摘が重要だというのも、『時間と物語』という著作の根本にある問題意識そのものに深く突き刺さるところがあるからだ。

すでに知られているように、リクールのこの著作は特異な問題設定に貫かれている。それ自体としては人間的な意味をもたない時間——これをリクールは宇宙論的時間ないし自然的時間と呼ぶ——が人間的な時間となるのは、いかにしてか。それは物語り行為によって言語的に分節されることによってである。逆に物語の側から見るなら、物語が意味をもつのは、それが人間の時間経験の諸特質を描き出すからである、と。

この二重のテーゼを論証するために、リクールは物語を統合形象化という作用の所産と規定したうえで「歴史物語」と「フィクション物語」とに大別し、それぞれについて驚嘆すべき力技をもって最先端の専門的諸議論を参照しながら分析を加え、先行する人間の行為の次元（先行形象化）と物語の受容が行なわれる後続次元（再形象化）をも射程に入れて、ついには両者の交叉にまで説き及ぶ。もちろん宇宙論的時間を人間の生の所与の条件とするリクールにとっては、物語り行為による時間の分節化は、最終的には「勝ち目のない闘い」にとどまるが、それでもどの程度まで／どのようなしかたで歴史物語とフィクション物語とが時間に人間的な意味を与えるのかが追求されてゆくのである。(3)

だがもし仮に「物語ること」一般が今日「死」を迎えたというのなら、人間的時間の成立はもはや不可能になっているのではないか。人びとはそれ自体として意味をもたない自然的時間のなかを、寄る辺もなくさまようばかりなのではないか。ベンヤミンの右の指摘はリクールに、こうした深刻な問題を投げかけているわけなのだ。

もちろんリクールは結論的には自分の立論の根幹が崩れることを認めず、ベンヤミンの言に従うことをしないが、読者としてはしかし、そのいずれを是とするべきかという単純な構図で問題を考えることはできない。なにより両者の論には、看過できない食い違いが見られるのだ。

というのもリクールの議論は、歴史物語とフィクション物語、先行形象化・統合形象化・再形象化を、それぞれ方法的に峻別したうえで進められる。このことから、フィクション物語とは民話・叙事詩・悲劇などすべての文学ジャンルを含むと、第三部冒頭で断り書きがなされながらも、おもに論じられるのは、先行形象化と再形象化とからの方法的分離が容易な統合形象化の産物、すなわち近代の「長篇小説（roman）」であることになる。

これにたいしてベンヤミンの「物語作者」において主題的に取り上げられ、その「衰退」が語られるのは、「長篇小説《ロマーン》」とは区別される「物語（Erzählung）」であった。先に引用したリクールの文章の「物語ること」とは文脈上あらゆる物語ジャンルに関するものであるのにたいし、ベンヤミンにとって問題となるのはこの「物語《エアツェールング》」なのである。要するにリクールの「フィクション物語」はベンヤミンの「物語」よりも外延が広く、しかもじっさいに分析されるのは主として「長篇小説」だという関係にある。それゆえ「物語の死」ないし「物語の後退」と呼ばれるものが、二人の思想家のあいだでは位相が異なっているのだ。

この位相の相違を視野に入れながら、それぞれの論を検討してゆくことにしよう。

2　「筋立て」の果てしなき変容可能性――リクール

「フィクション物語（récit de fiction）」を主題とする『時間と物語』第三部の目標は、「筋立て」の概念を拡大・深化し、「時間性」の概念を多様化することにある（cf.TR II 12f.；II 四）。こうした拡大・深化・多様化こそ、フィクション物語がわれわれの生に貢献するところのものなのだ。同書第一部で「われわれが自分たちの実存の地平を大きく拡大するのは、フィクションの作品による」（TR I 151；I 一四二）と言われているとおりである。フィクション物語こそ歴史物語にもまして、われわれに多様な生の物語と時間経験を開示してくれるはずなのである。

しかしフィクション物語が歴史的に変容を遂げるなかで、はたしてその本来の構造的特質が失われるにいたってはいないだろうか。前節に引いたあの文章を末尾近くに置く第一章「筋のさまざまな変容」は、この筋立て概念の拡大可能性とその限界という問題に取り組んでゆく。結果的には、アリストテレスのいう「筋《ミュトス》」が現代にいたるまでさまざまに変容しながら、なお自己同一性を保っているとされるのだが、ここで伝統的な「筋立て」概念にたいする挑戦者としてその同一性の試金石となるのが、「少なくともここ三世紀のあいだ、構成と時間表現の領域におけるめざましい実験の場」となってきた「近代の長篇小説」である（cf.TR II 19；II 一一）。リクールの分析が主としてプルースト

『失われた時を求めて』をはじめとする長篇小説へと向けられる直接の理由がここにある。

筋立ての変容をめぐるかれの議論を整理しよう。まず筋立てるとは形式的には、さまざまな出来事を単一で完結した物語《イストワール》へと変換する「統合的ダイナミズム」（cf.TR II 18；II 一〇）のことであり、その原則は「調和ある不調和」（TR II 13；II 五）にある。つまりは、たんに出来事だけでなく行為者・目的・手段・相互作用・状況・予想外の結果といった異種の諸要素が統合され、多くの不調和が含まれながらも最終的に調和と秩序が支配することになる。

第二に、ここが肝要なのだが、この筋立てることが同一性を保ってきたのは、それが超歴史的な範型だからなのではない。特定文化圏において伝統のなかではぐくまれてきた「物語的理解力（intelligence narrative）」（TR II 30；II 二〇）が、そのつど働いてきたからである。複雑な筋をたどって調和的全体を捉えるこの物語的理解力は、フィクション物語の長きにわたる伝統に根ざしており、個別には読み手の読書経験に培われて「調和ある不調和」の統合的理解を可能にしている。第三部の続く第二・三章において、ウラジミール・プロップからジェラール・ジュネットにいたるまでの構造主義的物語記号論と対決するさいにリクールが引き合いに出すのも、この歴史性・伝統性を背負った物語的理解力なのだ。

第三に、近代の長篇小説においては、なるほど登場人物の「性格」が筋との相関性から独立して自律性をもつようになり、人物の心理およびその日常生活に、より忠実であろうとする傾向が支配的になっている。にもかかわらず、右の物語的理解力が働くことによって、そうした作品のうちにも最終的に調和を見いだすことが、依然として可能である。

リクールはここではじっさいの作品を取り上げて論じることをしていないのだが、第三章に言及されるドストエフスキーの長篇小説を極限事例として挙げることができよう。周知のようにミハイル・バフチンは、ドストエフスキーの作品を「多声的《ポリフォニック》」という言葉で特徴づけた。そこにおいては語り手の言述《ディスクール》と登場人物の言述との古典的な関係は廃棄されている。すなわち人物間の対話関係が、語り手と人物たちとの関係をも包含するところにまで推し進められ、唯一の作者という意識が消えて語り手の声そのものが対話化されるまでにいたっている。これは近代長篇小説の極北として、もはや「筋」という概念が成立しない作品構成作用の限界点を示すものである。だがリクールは、バフチンがラブレーの『ガルガンチュア物語』に代表される「カーニヴァル」的ジャンルを多声的長篇小説と比較しているところに注目し、このジャンルに支えられた長い伝統からこそ、ドストエフスキーの小説もまたその構成原理を受け取っていると見るのだ（cf.TR II 182-5；II 一六〇―一六三）。

それでは、あらゆる物語りパラダイムからの解放を追求する現代文学――カフカやベケットの作品――においてはどうなのか。アリストテレスが規定したように筋立てが「始まり―中間―終わり」からなるとすれば、「筋の解体」を志向しとりわけ完結を故意に放棄する作品の出現は、筋立てとその受容の伝統が終焉にいたっていることを意味するのではないか。「物語の死」を問題にするリクールの議論は、じつはここに始まる。かれのアプローチは、ふたつの段階を踏んでゆく。最初の議論戦略は、本来「フィクション物語」論がそこへと自己限定していたはずの統合形象化のレベルから、再形象化への移行をしるしづける読書行為へと視野を広げることである(cf.TR II 41 ; II 二九)。予期しない結末が示された場合にも、より深い秩序の原理が読者に開示される。結末のない終わり方がなされる作品では、作者が解決不可能と見なす問題が読む者に提起されている。このように読者を明示的に視野に入れるなら、「調和ある不調和」という原則は依然として拡大されたしかたで有効であることがわかるのだ、と。結局のところ「筋の解体」といわれるものは、当初の期待が裏切られてもなお読者がみずから筋を作りだしてゆくよう呼びかける合図にほかならないというのが、リクールの見立てである。これは次に見るベンヤミンの「物語」論に通底する視点である。

「物語の死」を認めない第二の論拠は、筋立ての問題をめぐるおそらくは最深の問い、すなわち「ひとはなぜ任意の作品にどのように錯綜したものであれ秩序ないし調和をもとめるのか」という問いへの答えとして与えられる。リクールの答えは「調和の探求は言述《ディスクール》とコミュニケーションの不可避な諸前提の一部をなす」(TR II 56 ; II 四二)という、一見するとトートロジーにも似たものである。語りがなされるときにはいつでも、受け手はそこに筋立った全体を聴きとろうという態度にあるということだろうか。

もちろん、事柄は単純ではない。かれはさらに問い進める。一般に整合性のある言述を拒否することは、いつでも可能ではないか。じっさいのところ、これまで物語的理解力を支えてきた伝統が死に瀕し、筋の変容が統合形象化の原則の働かない限界に突き当たっているという可能性もまた、排除できないではないか、と。

これらの問いに対処するリクールの切り札は、次のふたつの要請である。ひとつには、「今日でもなお読者は調和への要求をもっている」という信頼をいだくこと。ふたつには、「いま成立しつつある新しい物語も、物語機能が変容しこそすれ死にいたることはないということを証明している」と信じること、これである。

これらは単なる要請、あるいは信念にすぎないのだろうか。以上の論を閉じるリクールの言葉は、必ずしもそうではないことを示そうとしている。

> 物語ることがなにを意味するかがもはや分からないような文化が、いったいどのようなものであるのかについて、われわれはなにも知るところがないのだから。
>
> （TR II 58；II 四二）

3　経験の相場の下落 ―― ベンヤミン

「物語ることがなにを意味するかがもはや分からないような文化」。そのようなものが、しかし二十世紀において姿をあらわしているのではないか。言述《ディスクール》やコミュニケーションによって対立や軋轢を克服して「調和」や「秩序」を求めるという作法が、衰退の一途をたどっているのではないか。それこそが論考「物語作者」のベンヤミンが問題とする同時代の状況であった。

まずリクールとは異なる「物語ること」の理解を示すベンヤミンの「物語《エアツェールング》」概念がどのようなものかを確認しよう。

論考のタイトル「物語作者（Der Erzähler）」とは、じつは「物語り手」と訳すほうが事柄にふさわしい。ニコライ・レスコフという「作家」についての批評という構えをとるものであることから、訳題としては「物語作者」とするのが適当ではあるが、ベンヤミンが考える物語とは、孤独な作家が仮想的読者を念頭に創作するものであるよりも、目の前にいる聴き手に向かって語り手が臨機応変に語って聞かせるもの、あるいはそれを原型とするものである。

このような「物語《エアツェールング》」は第一に、純然たるフィクションと語り手の実体験との境界が不分明なものである。実体験でない場合にも、他者からの伝聞によるものであることが多い。かくして物語るとは「経験を交換する能力」（439：二八五）[4]であることになる。フィクションであっても語り手の経験に直接根ざし、伝聞を語る場合も、言い伝えられたことは長きにわたる人びととの経験が凝縮されたものであって、それを語り手はさらにみずからの経験とすり合わせながら語ってゆくのだから。

第二に「物語」は「作品」としての完結性を必ずしも持たず、語るたびに内部の展開のみならず始まりや終わりすら変わってゆくことが多い。それは「書物」という媒体に依存しておらず、「その後どうなったのか」という問いとともに、聴き手によってさらに語り継がれてゆくことが可能なものだからだ。聴き手はこうした語り継ぎをなしうる者として、語り手から実人生にかかわるなんらかの「助言」（442；二九二）を、すなわちこれから物事が繰り広げられてゆく見通しにかかわる提言を受け取っていることになる。

第三にその内容は、語り手が記憶する多くの出来事をその場に応じて引き出しながら語られてゆく。さまざまな人物の立ち混じるエピソードが、ときとして明示的な脈絡や意味づけなく挿入されてゆくのである（cf. 453f.；三一二―三一三）。ここに「長篇小説」と「物語」との相違が顕著に現われている。

先にリクールは「フィクション物語」と「歴史物語」の共通項を統合形象化作用に見いだしていた。これにたいしてベンヤミンによるなら、一般に一連の出来事を語る「叙事的語り（叙事文学Epik）」の淵源は「出来事を記すこと（Geschichtsschreibung）」である。ここに発して、一方では「年代記」と歴史家の叙述とが分岐してゆき、他方では「叙事詩（Epos）」を最古の形式として、この叙事詩に未分化なまま含まれていた「物語《エアツェールング》」と「長篇小説《ロマーン》」とが分岐し、それぞれ独立のジャンルとして自立する（cf. 451-3；三〇八―三一二）。一方で歴史家が出来事をなんらかのしかたで説明し、その連鎖を正確にたどろうとするのにたいし、年代記が説明を最初から放棄して出来事をそのまま列挙してゆくことは、他方での「長篇小説」のストーリー形成と対比される「物語」による出来事の自在な語りに、類比的であるといっていい。「物語」は出来事をただ語りによって再現してみせることにより、その出来事をあれこれの説明から解き放ってやる。出来事の連関が歴史学や長篇小説のように必然性をもって呈示されることがないために、事柄を解釈する大幅な自由が聴き手に与えられることになる。

以上のように見るなら、ベンヤミンが「物語《エアツェールング》の衰退」（物語の「死」ではない）について語る理由もまた、おのずと明らかだろう。かれの視点はすぐれてメディア論的なものといっていい。近代市民社会において書籍印刷の発明とともに普及していった長篇小説、孤独のうちにある個人において生まれ、人物の生を他と通約不可能なものとして描き出し、最終的に「生の意味」を問うて途方に暮れる人物を描き出す長篇小説が、物語をかたわらに押しのけてしまったのだ（cf. 442f.; 二九二―二九三）。

だが現代社会においては、これよりもさらに深刻な要因が働いている。ベンヤミンは語る。「経験の相場が下落してしまった」（439; 二八五）、と。ひとことでいえば、自分が、あるいはこれまでの人びとが経験したことを語っても、耳を傾けるひとがほとんどいなくなったのだ。生活の諸条件がめまぐるしく変化してゆくなかで、旧世代の経験などほとんどなんの参考にもならなくなっているのである。人間関係・学業・職業生活・人生設計・健康管理・性愛など、生活のほとんどすべての局面において、わずか一世代前の経験すら通用しなくなってゆくという事態は、二十一世紀のわたしたちが現在、その加速度的な進展のただなかに置かれているものであるだろう。先だつ一九三三年に書かれた関連論考「経験と貧困」が指摘するように、こうした事態は「技術の途方もない発展」によるものにほかならない(5)。

加えて、長篇小説の存在すら脅かしているところの「情報《インフォメーション》の普及」である。高度資本主義における支配の道具として重きをなすもの、それはベンヤミンの時代にあっては主には新聞、さらに登場間もないラジオ放送であった。今日ではテレビ放送の段階を経て、インターネットがそれに取って代わりつつあるだろう。「情報」とは物語《エアツェールング》が伝えるような「遠くからもたらされる報せ」ではない。むしろ身近な事柄にかかわり、それについての手っ取り早い判断のよりどころを与えてくれる。その当否は即座に検証可能であり、早わかりのための説明がさまざまにほどこされている(cf. 443-5;二九四—二九六)。

かくして、もはや「耳を傾けて熱心に聴き入る人びとの共同体」は消失した。ものごとを具体的な事例に即して理解する「知恵」が消滅しつつある。ふたたび「経験と貧困」の言葉を引こう。

わたしたちは貧困になってしまった。人類の遺産をひとつまたひとつと、次々に犠牲にして手放し、それがもつ真価の百分の一の値で質に入れ、その代償として差し出された〈当世流行のもの〉という小銭を、やっとの思いで手にしなければならなくなった。戸口には経済危機が顔をのぞかせており、その背後にはひとつの影が、次の戦争が、忍び寄っている。(6)

ここで「次の戦争」に言及されているのは唐突に思われるかもしれないが、技術により解き放たれた途方もないエネルギーは、じっさいの必要を超えて破壊的に働くことになるとベンヤミンは見てとっている。このエネルギーがまずなによりも促進するのは、一九三七年の論考「エードゥアルト・フックス—収集家と歴史家」によれば「戦争の技術」であり、「ジャーナリズムによる（publizistisch）戦争準備の技術」なのである。(7) 今日であれば「原子力技術」をこれに加えるべきなのかもしれない。

以上のベンヤミンの陰鬱な時代診断が、さまざまな点で今日の状況を先取りしていることには驚きを禁じえない。リクールの『時間と物語』が、東西冷戦体制が永続するかにも見えた時代に書かれ、ベンヤミンがファシズムの台頭と席巻という危機の時代を生きていたことを差し引いたとしても、「物語」を「経験を交換する能力」と捉えたうえでその衰退を語ったベンヤミンのほうが、かえって二十一世紀のわたしたちの同時代人であるように思われてくるのだ。

4 神話的暴力とおとぎ話の力

リクールの『時間と物語』は、あくまでその基本的問題設定と方法論とに忠実であった。そのため「フィクション物語」論において、聴き手／読み手との関係を視野に入れた議論は一部の例外を除いてほとんどなされず、経験の伝達・交換という次元にまで視野を広げることはなかった。その第四部第二篇にいたってようやく再形象化の次元のこととして、第二章でフィクション物語における指示の特殊性の問題が、第四章で読解理論が主題化されてゆくが、それらは最終的に歴史物語と交叉して、著作全体の目標である「人間的時間」の成立へと向かう段階として論じ進められている。

対するベンヤミンの「物語」は、リクールが慎重にフィクション物語の統合形象化から分離しようとした先行形象化と再形象化をあらかじめ含み込んでこそ、「経験を交換する能力」の産物として意味をもつものである。それはつねに受け手との場に置かれており、説明の与えられないエピソードすらも受け手の経験のなかに蓄積されて、さまざまな場面で想起され、語り継がれてゆく。ベンヤミンのいう「物語」とは特定のコミュニケーション状況とメディアのありようを不可欠の要因としているのだ。

じつのところはリクールが予期したとおり、現在もなお「筋立ての能力」は枯渇してはいないだろう。調和を求める読者の希求も、消滅してしまってはいないだろう。じっさい、少なくとも分量的には古典的な長篇小説に匹敵する推理小説・冒険小説が量産され、ストーリーテリングの妙により読者を愉しませる物語性を帯びた作品が大衆的成功を収めてもいる。実験小説と呼ばれうる前衛的作風の作品もまた、その跡を絶ってはいない。ただ、これらはエンターテインメントとして大量消費されてゆくか、ごく少数の読者に「芸術」として鑑賞されるものとなっている。そこに欠けているのは、ほかならぬ「経験の交換」ということではないだろうか。

経験の交換の手段であった「物語」が衰退し、情報伝達のメディアが不断に技術的進化を遂げながら生活のすみずみにまで影響力を行使してゆくとき、この「経験の貧困」という新たな「未開の状態[8]」を支配するのは、新たな「神話」であるかもしれない。一方では、技術の際限なき進歩が自然支配による幸福と享楽を人類に保証してゆくとする「神話」、他方では建国の事蹟を起点に人びとをナショナルな閉域へと閉じ込める「神話」が。

しかしながら論考「物語作者」によれば、「物語」の最初の形式は「おとぎ話《メルヒェン》」であった。「神話的世界がふるう暴力」にたいして、策略と豪胆さをもって立ち向かうのは、おとぎ話の主人公たちである。

なかなかいい助言がえられないとき、おとぎ話はそうした助言を心得ていたし、苦難がもっとも昂じたところでは、おとぎ話の助けこそがもっとも身近なものであった。(457f.; 三二〇)

してみればわたしたちは、成熟した大人のための文学形式である「長篇小説」から、鬱蒼たる「情報」の森をかいくぐって、昔もいまもおとぎ話から助言をえている「子供たち」の段階にふたたび立ち戻るよう、促されているのかもしれないのである。過去の名も知れぬ人びとの経験のなかから、意想外の生の可能性への示唆を聴きとり、大勢への同調《コンフォーミズム》という「大人の態度」に背を向けて、つねに新たな行動に移るのに怖じることのない、そのような段階に。

注

（1）のちの『記憶・歴史・忘却』（二〇〇〇年）では、わずかにベンヤミン「歴史の概念について」の「歴史の天使」に言及されている (cf. Paul Ricœur, *La Mémoire, l'histoire, l'oubli*, p.649 ; リクール『記憶・歴史・忘却』下巻、三一一頁参照)。以下同書からの引用は MHO と略記し、その原典の頁数と日本語訳巻数・頁数を本文中に挿入する。

（2）以下『時間と物語』からの引用は原書（Paul Ricœur, *Temps et récit*, Paris : Seuil, 1983-85）を TR と略記して巻数と頁数を示し、続けて訳書『時間と物語』久米博訳（新曜社、一九八七―九〇年）の巻数と頁を示す。

（3）リクールの先行形象化・統合形象化・再形象化については次章の1・2節を参照されたい。

（4）ベンヤミン「物語作者」からの引用は前出の *Walter Benjamin Gesammelte Schriften*, Bd.II·2 により、その頁数と併せて三宅晶子訳（『ベンヤミン・コレクション 2』所収）の対応頁数を付記して本文中に挿入する。

（5）Cf. *Walter Benjamin Gesammelte Schriften*, Bd.II·1, S.214 ; 浅井健二郎訳「経験と貧困」『ベンヤミン・コ

レクション 2』三七四頁参照。
（6）*op.cit.* S.219；三八三頁。
（7）Cf. *Walter Benjamin Gesammelte Schriften*, Bd.II・2, S.471；浅井健二郎訳「エードゥアルト・フックス」『ベンヤミン・コレクション 2』五七四頁。
（8）「経験と貧困」*op.cit.*, Bd.II・1,S.215；同三七五頁。

二　物語り行為と歴史の理論――リクール歴史理論の射程

驚くほど精緻にして多様な局面を包含するポール・リクールの仕事のなかでも、『時間と物語』と『記憶・歴史・忘却』に展開されている「歴史」についての考察は、哲学の領域にとどまらず広く思想界一般に知られるにいたった業績である。

いうまでもなく歴史とは、たんに歴史学研究者に占有される個別専門領域を意味するのではない。人びとの日常的な関心の対象になるとともに、さらには人びとが生を営む場面そのものをも指している。「歴史」のそうした多面性へと向けてリクールの探究は進められてゆくのである。それは古今の哲学書の詳細な読解に裏づけられるばかりでなく、同時代の歴史叙述・歴史理論を縦横に引証しながら行なわれ、ときにはリクール自身の立論の所在が見えにくくなるほどまでに豊かな言説の空間として、読者の前に繰り広げられている。

だが、そのあまりの包括性・多面性にもよるのだろうか、かれが没してのち刊行された歴史理論・歴史哲学の研究論集を瞥見すればわかるように、かれの遺した仕事が現下のアクチュアルな議論の文脈で、大きく取り上げられ論じられているとはいいがたい。その意味ではリクールは、すでに「過去

の人」になりつつあるのかもしれない。(1)

しかしながら、「過去」に潜在する可能性をいまに訴えかけるものとして取り戻すとは、リクール歴史思想の根幹にあるメッセージであった。そこで以下では、一九八〇年代なかばに公刊された『時間と物語』における「歴史」をめぐる省察を取り上げ、二〇〇〇年刊の『記憶・歴史・忘却』をも参考にその射程を確認しながら、二十一世紀のいまにおいて――とりわけ戦後史の大きな曲がり角を曲がった現在の日本社会において――積極的に受容され、今後も広く議論されるべき論点を、わたしなりに素描してみたいと思う。

リクールの歴史理論は、全体として次の三重の環をなす問題系において展開されている。これを枠組みに検討を進めてゆくことにしよう。

1　歴史叙述の論理
2　歴史の営みが根ざす人間の生の構造
3　人類史の将来を展望する歴史意識

1　歴史叙述における物語り行為

二十世紀後半の思想的キーワードのひとつ「物語り《ナラティヴ》（物語ること／物語られたもの）」を、歴史の語りに固有なありかたへと適切に関係づけること。これがフィクション物語と区別される歴史叙述の分析に当てられた『時間と物語』第二部の中心課題である。リクールを単純な「物語論者」と見なす解釈もなされてきたため、はじめにこの点を略述しておきたい。

フィクションと歴史叙述に共通に見られる物語り行為を、リクールはルイス・O・ミンクの「統合形象化（configuration）」という言葉で特徴づける。行為主体・目的・手段・状況・予想外の帰結といった異種的な諸要素を「諸関係の唯一《ユニーク》で具体的な複合体のなかに位置づけること」（TR I 283；I二六八）、その意味で複合的な「筋立てること」を行なう作用をこれは意味する。ミンクのこの規定をリクールが出発点としていることに、あらかじめ注意しておこう。

ところでリクールによれば、一部の論者が言うように歴史叙述を単なるストーリーの一種とするなら、それは不当な単純化である。というのも、(a) 歴史学的説明は物語り行為による説明、すなわち〈物語の展開の前後関係によって出来事およびその経過に加えられる説明〉だけに依拠しているわけではない。それは物語り的叙述を適宜中断して、社会科学的法則ないし一般経験則にもとづく因果的説明を挿入する。そのさいには史料にもとづき、すでに事実として確証されている事柄との整合性を守りながら、最終的には歴史家のコミュニティに判断を仰ぐことにより、「科学」としての自律性を不断に確保してゆく。さらにその叙述においては、(b) 社会科学的説明に照応する理論的存在として、個々の行為者が参加的に帰属するところの社会階級・国民、さらには文明などを「登場人物」に準ずるものと扱い、(c) それらの規模に応じた変動情勢・長期持続というスパンの長い「歴史的時間」をそのつどの理論的枠組みとして採用する。このことによって歴史学の叙述は、個人としての行為者とその生涯の時間とを基礎単位とする伝統的な物語ないし年代記から区別されている。

A・C・ダントーやヘイドン・ホワイトらは、以上の特性を看過している点で「物語の領野における歴史に特有な性格」(TR I 400 ; I 三九四) を正当に捉えていない。それが物語り派歴史理論にたいするリクールの批判的評価である。だがそのうえで、右のような歴史学・歴史叙述の諸性格を、物語り的統合形象化という基本作用から「派生」したものと捉えるところに、かれの独自な視点がある (TR I 166, 319 ; I 一六〇、三一三)。この派生という「間接的な関係」によって物語り性との結びつきを保つことにより、歴史学は経済学・地理学・人口学・民族学といった社会諸科学のたんなる総和に還元されることなく、多様な要素からなる状況と変化を統合的に呈示するという固有性を保ちうると、リクールは見るのである。

もちろん歴史学の固有性は以上で尽きるものではないが、それについては次節で触れることにして、統合形象化の問題との関係でここに取り上げたいのは、歴史叙述が共同体の「物語り的自己同一性」を創出し強化するという論点である。

「物語り的自己同一性 (identité narrative)」すなわち〈物語り行為により創出・確保されるアイデン

ティティ〉という概念は、ひとまず個人の生に適用することができる。ある人が「だれであるのか」という問いに答え、誕生から死にまでいたる生涯にわたり当人を同一人物と見なすことを可能にするのは、「人生の歴史＝物語《イストワール》を物語ること」（TR III 442；Ⅲ四四九）にほかならない。アーレント『人間の条件』に想をえたこの自己同一性概念は、『時間と物語』第三巻出版後、ただちに社会心理学をはじめとした人文諸科学に受容され、さまざまな領域で多彩な理論的成果を生み出していった。(2)

だがリクールはこの概念を、まず「共同体」に適用しているのである（『時間と物語』第四部第二篇第五章）。それによれば、歴史叙述はその書法《エクリチュール》において、文学の伝統から筋立てのさまざまな型を受容して用い、読者の想像力に訴えかけてゆく。このことによって、読者の属する歴史的共同体の起源ないし再興を画するとされる出来事が、共同体の、さらにはその個々の成員の「物語り的自己同一性」を基礎づけ、強化するものとなる。このように語りだすリクールの筆の運びは慎重であり、右の作用が「支配を正統化するイデオロギーの機能」をもち、「勝者の歴史」に奉仕するものだとの指摘を忘れていない（TR III 340；Ⅲ三四三）。だがその慎重さは、全巻の総括として末尾に置かれた「結論」においては、いささか不用意に解除されてしまっているようにわたしには思われる。そこに名指される代表例は「ユダヤ民族」である。リクールは語る。「聖書のイスラエルが、その名をもつ歴史的共同体となったのは、自分に固有の歴史を創始したもろもろの出来事の証人と見なされる物語を物語ることによってである」（TR III 445；Ⅲ四五一）。

もとよりリクールはそこにおいても、先行する歴史学的叙述・説明に、さらには「狭義の歴史叙述の仕事に先だつ伝説」に訂正が加えられうることに言及し、「物語り的自己同一性」は亀裂や飛躍のない安定したものではなく、「たえず創られたり壊されたりしつづける」ものだとしている。だが、共同体の自己同一性が「その共同体によって生み出されたテクストの受容そのもの」(同)によって形成されるという論理は、米国の現象学研究者デイヴィド・カーによりヘーゲル哲学へと接ぎ木されて、「われわれ」を主語=主人公とする物語による共同体の自己形成の論理へと拡張され、それを通じてさらに一九九〇年代日本社会において、ナショナルヒストリーの基礎づけとして援用されていった。[3] すでに別の箇所で検討したことだが、その議論によるなら、歴史教科書は国民国家を維持し再生産するために成員が共有すべき「国家の来歴」を呈示するものであり、それゆえたとえばいわゆる「従軍慰安婦」問題などを記載する必要はない。ひるがえってこの「日本の来歴」を他国とはことなる独自なものとし、その連続性を保証するのは、歴代の天皇を「皇祖皇宗」の神霊のそのつど再現前したもの見なす、記紀というテクストに記された「天皇神学」であるという。『時間と物語』の「物語り的自己同一性」論はここにいたって、「国体」論の基礎理論へと転用されたのであった。[4]

だがリクールは、五年後の『他としての自己自身』(一九九〇年)において、物語り的自己同一性概念の「歴史的共同体」への適用を控え、さらに『記憶・歴史・忘却』にいたってこの概念そのものを実質的に放棄し、代わって、歴史の物語り行為が帯びるイデオロギー作用にたいして鋭い批判のまなざしを向けることになる。

「建国の出来事という名目でわれわれが祝うものは、その大部分が暫定的な法治国家により事後的に正当化された暴力行為である」（MHO 99；上一三九）。こう語る二〇〇〇年のリクールは、「公的歴史＝正史」のイデオロギー作用について次のように分析してゆく。建国の出来事――日本社会の紀元節／建国記念の日においては神武天皇即位――を共同の「記憶」の起点とする正史は、ひとつの完結した物語として共同体のアイデンティティの閉域へと成員を囲い込む。そこに働くのは、人びとを特定の事蹟の想起のみならず、周辺民族の血塗られた虐殺・抑圧といった出来事の忘却へとも導く「物語の選択機能」である。その正史はたんに権威づけられ強制されるだけでなく、公教育や式典を通じて成員により内面化される（cf. MHO 103f.；上一四二―一四三）。それだけでなく、正史から取り落とされ忘却されるもののうちでも自国の過去の罪過については、個々の成員みずからが「知るまい、調べまいとする隠然たる意志」（MHO 580；下二四一）にもとづいて、その想起を回避する戦略をとり、記憶／忘却を操作する権力との共犯関係に入ると指摘しているのだ。たとえば過去三十年の日本社会の言論状況を顧みるとき、この批判的分析のもつアクチュアリティはあらためて確認するまでもないだろう。

ここにいたってリクールは、ようやく「物語の不可避的に選択的な性質」（MHO 579；下二四〇）に目を向けたというべきなのかもしれない。この性質は一九六〇年代にダントーが「ナラティヴ」を、

「ある出来事を別のものと一緒にし、またある出来事を有意性に欠けるものとして除外するような、出来事に付加された構造」(5)と規定したときに、すでに語りだされていたものであった。歴史を統合形象化としての物語り行為により叙述されるものと捉える理論的立場は、共同体のアイデンティティを調達するまさにそのときに排除と隠蔽・忘却を行なう正史のイデオロギー機能を、同時に批判的に明らかにし、そこに排除・隠蔽されたものへと目を向けようとするものにほかならない(6)。この点を明確に指し示す地平に、『記憶・歴史・忘却』のリクールは立ちいたったのである。

2　未実現の可能性の取り戻し

右に見た統合形象化とその派生的要因によって遂行される歴史叙述は、人間の生の営みにどのように根ざし、かつ翻ってそれにどのように寄与するものなのだろうか。通常の歴史学理論では看過されるか周辺に置かれているこの問いに答えることを「解釈学の課題」(TR I 106 ; I 一〇二)と見定めて、リクールは議論の歩を進めてゆく。

ここで重要となるのは、『時間と物語』の第一部で導入される「先行形象化(préfiguration)」と「再形象化(refiguration)」の概念である。これらは先の「統合形象化《コンフィギュラシオン》」という用語に着想を得て、その先行次元と後続次元を――実際には統合形象化とともに循環関係にあるものでありながらも――理論的に分別・析出するための方法的概念として案出されたものである。なるべく単純化して整理しよう。

まず人間の実践領域は、テクスト次元の統合形象化に先だって、「先行形象化」されている。これは人間の行為がシンボルに媒介され、目的・手段・行為主体などの概念ネットワークを駆使した実践的理解に導かれていることを意味している。この構造があるからこそ、行為の領域で生じることを統合形象化作用により物語化することも可能なのであり、さらには物語られたものを理解することもまた可能なのである。そもそも日常生活において、ものごとの伝達などのさいに「経過の呈示」という物語り行為がすでになされていることも見のがせない。これがフィクションにせよ歴史にせよテクストレベルでの物語り行為が可能になるための、人間の生の営みに根ざした先行条件である。

統合形象化に後続する「再形象化」とは「テクストの世界と聴き手ないし読み手の世界との交叉」(TR I 136；I 一二七)を意味する。つまりは、物語を聴く／読む行為によってテクストから影響を受けて、行為のありかたを、さらにはみずからのアイデンティティを支える物語のありかたを変容させる働きであり、物語り行為に実践的な意味を付与する基礎条件である。

前節でみた共同体レベルでの「物語り的自己同一性」の形成は、じつはこの再形象化作用をめぐる議論の頂点に位置するものであった。その頂点へと論じ進める過程で『時間と物語』のリクールは、歴史物語がフィクション物語とはことなり暦法的時間・世代連続・痕跡を結合子として宇宙論的・自然的時間に「再記入」されるメカニズムを論じてゆく（『時間と物語』第四部第二篇第一章）。これはひとことで言えば、歴史物語の内容が「実際に起こった出来事」として読者に受容されてゆく条件を明らかにするものである。そのさいの「実際に起こった」という過去の「実在性」は、歴史叙述を過去にたいし「代理表出（représentance）」の関係にあるものと捉えることによって確保される（同第三章）。これらの議論は歴史理論の根本問題にかかわるものであり、『記憶・歴史・忘却』にいたって新しい歴史学理論を参照しながらさらに修正・補足が加えられてゆくが、その仔細に立ち入るかわりにここで注目したいのは『時間と物語』の次の論点である。

リクールによれば、フィクションが歴史叙述と交叉するところに、「歴史的過去の実現されなかったなんらかの可能性をあとから振り返って解き放つ」（TR III 346f.; Ⅲ 三五〇）機能が発揮されるという。これはどのようなことか。近代日本史の具体例として明治期民間憲法草案の掘り起こし作業や、戦時下のさまざまな抵抗の動きを再発見し再評価する試みを念頭に置きながら、考え進めよう。(7)

過去の探究は、たんに「実際に起こったとおりに」出来事を再現するだけのものではない。実際には実現されなかったが、実現されたかもしれない過去の相貌を、史料のなかから掘り起こし、ありうべき将来へと個人および社会のありようを方向づける機能をもつ。未実現の過去の取り戻しという、ベンヤミンなど先だつ思想家によって論じられてきたこの問題にアプローチするリクールにユニークな点は、フィクションの機能、すなわち〈実際には生じなかったが生じたとしても不思議ではないさまざまな出来事を物語る〉という機能に着眼するところにある。かれの論を敷衍するなら、歴史的世界を背景とするフィクションは、実際には生じなかった出来事、人間のありかたを呈示するところに、その創造性を発揮する。このフィクションによって書き手／読み手のもとに涵養される「想像力」により、直接には記録されていない歴史的過去における生の痕跡の探究が試みられる。さらにはその痕跡を手がかりに、未実現の過去がいまに想像的に呼び戻されて、現在の人びとの生のありようを変容させうるのだ、と。

この議論は、ハイデガー『存在と時間』第一部第二篇第五章「時間性と歴史性」における「反復＝取り戻し（Wiederholung）」概念を踏襲したものである。だがリクールがことさらに「気づかれず、挫折ないし抑圧されたポテンシャリティ」（TR III 139；Ⅲ一三一）といった表現を繰り返し用いているのは、「自分の英雄を選ぶ」ことを語り、それを通じた「共同運命」の生起を語るハイデガーの論といちじるしく対照的である。さらには、歴史学成立以前の場面における現存在の「歴史性＝生起性」における「反復＝取り戻し」を語るハイデガーにたいし、学的営みとしての歴史研究そのものにそなわる未実現の可能性の発掘機能を語っている点も重要である。歴史学的探究はフィクションと交叉して、過去において隠蔽・抑圧された生の物語が現在の人びとの実践領域において再形象化される可能性を開く。それによってこの領域をより豊かに、より公正なものにすると位置づけられているといえよう。

以上の議論は『記憶・歴史・忘却』においても、新たな視点から受け継がれてゆく。歴史が可能になる先行次元を分析するという点では、この書の「記憶」論そのものがそうした意義をもつわけだが、ここではその第三部第二章における「反復＝取り戻し」概念の再論に触れておきたい。それによれば、「事実は打ち消せず、なされたことはもはや解消できず、起きたことは起こらなかったことにはできない」。しかしにもかかわらず、「起きたことの意味はこれを最後に固定されてしまいはしない」（MHO 496；下一四三）。というのも、過去の人びともわれわれと同じく、そのつどの現在にイニシアティヴを発揮し、過去を回顧し、未来への展望をもつ主体であった。これら死者が期待し願望しながら実現しなかった可能性にたいし、「反復＝取り戻し」を行なうことができるのである、と。ここでリクールは、次節でも触れる「経験の空間」と「予期の地平」という概念枠組みを援用して、『時間と物語』の議論を補足している。時間をそのように過去／未来の双方向に分節する人間の生の構造こそ、歴史探究の極北としての未実現の可能性の取り戻しを可能にするとともに、その取り戻された可能性を再形象化可能なものとして登録する条件であることが、語り出されているといえよう。

3　歴史の将来を展望する

以上に見たリクールの議論においては、人間の生の遂行を――たとえばハイデガー『存在と時間』や三木清『歴史哲学』のように――「歴史」と捉えることはなかった。「歴史」とはなによりもまず、歴史学的探究とその産物としての歴史叙述であった。そのリクールが「人びとによって作られ、かつ蒙られる歴史」(TR III 14；Ⅲ八)について語るのは、『時間と物語』本論も大詰めの第四部第二篇第六・七章にいたってのことである。ここでも複数の問題関心が輻輳しているが、いまは人類共同の歴史の将来についての展望が語られている点に注目したい。

単一の歴史、人類史の将来の展望を語るとは、しかしひとつの驚きである。

そもそも歴史を集合単数の「全人類」の歴史と捉え、その目標を呈示する企ては、十八世紀後半の西欧に成立し、二十世紀も後半にいたってその「終焉」が語られるにいたった歴史的産物である。実証歴史学の側からの批判はもちろんのこと、ダントーの「分析的歴史哲学」もまた、ヘーゲルやマルクスの世界史規模の「実体的(実質的)歴史哲学」を歴史言明の論理からしてナンセンスな試みと退けるところに、その出発点をもっていた。リクール自身も、ヘーゲルの企てがいまや信憑性を失ったことを「ひとつの思想的な出来事」として受け入れているのである(同第六章)。それでもなお人類史の展望を語ろうというのなら、それはいかにして可能なのだろうか。

まず、リクールが自分の試みを「歴史意識の解釈学」と呼んでいるところに注意しよう。一般に「歴史意識(conscience historique)」とは私見では、三層の意味をもっている。(a)自分の生が歴史的に条件づけられていることを自覚していること、(b)歴史過程のなかに自分の生きる現在を位置づけること、(c)その過程の進展にみずから参与しようとすることの、三層である。歴史過程そのものを思弁的・理論的に叙述しようとする伝統的歴史哲学とは異なり、リクールの「歴史意識の解釈学」は、将来と過去とを現在に結びつけて営まれる実践的生の自己了解に議論の焦点をあてようとする。のみならず、その自己了解そのものの歴史的変動にも注目する。ここで援用されるのが、ドイツの概念史研究者ラインハルト・コゼレクの提唱した「経験の空間」と「予期の地平」というメタ歴史学的カテゴリーである(8)。

「歴史の進歩」を語り「人類の完成」をその目標に据える近代歴史哲学の登場は、過去の伝統を低次な歴史段階のもの、それゆえに用済みのものとする歴史意識の登場でもあった。これは人間の生の範例が蓄積されているはずの「経験の空間」が狭隘化されていること、過去のポテンシャリティが現在に取り戻されることなく隠蔽されていることを意味する。それに対応して将来を展望する「予期の地平」が一方的に拡大することになるが、多くの災禍と悲惨を経験している二十世紀の後半にいたっては、啓蒙主義が語った「進歩」の観念、歴史を意のままにできるという信念を、手放さざるをえなくなっている。そのため「予期の地平」はユートピア論的な色彩を強め、そこに遠望される将来は現在の人間が責任をもってその実現に関与することのできない〈不在の場所《ウートポス》〉にとどまっている。

この時代状況に直面してリクールは、責任をもって実現可能な将来の目標に向かう人間の「現在」

を、ニーチェにならって「反時代的（時ならぬ intempestif）」という言葉で特徴づける。その意味は明らかであろう。過去の可能性を打ち捨て、ひたすら空虚な未来志向にとどまるのが「時代の趨勢」であるときに――これはなお二十一世紀の現在のことでもあるかもしれない――、忘却・抑圧された過去をいまに取り戻しつつ、将来を展望してその実現に対話的に参画しようとする歴史意識は、まさに「反時代的」なものなのである。

以上の諸点を理解するなら、責任をもって実現可能な将来の目標が、リクールによって「個人および非国家管理の集団が最終的な権利主体でありつづけるような法治国家／法的状態（État de droit）」（TR III 390；Ⅲ三九四）と定式化されることの必然性も見えてくる。「あらゆるかたちの拷問、暴政、抑圧に満ちた近代史」を想起し、そこにおいて「成就していない、阻止された、さらには虐殺されてしまったポテンシャリティ」（*ibid.*）を現在へと呼び戻す。そのようなしかたで「経験の空間」が再活性化されるときに要請されるのが、右のように定式化される法的状態の実現にほかならないのだ。

もちろん人びとがそれぞれの帰属集団ごとに異なった歴史時間を生きているのだとするなら、集合単数の人類史とは一個の限界概念にとどまる。それはヘーゲル流の「人類史の大きな物語」によって内容が充填されるものではない。物語り行為の統合形象化をそのように濫用することはできないのだ（cf. TR III 463；Ⅲ四六七）。にもかかわらずこの概念は空虚なものではない。予期の地平と経験の空間が分裂することを回避し、それによって展望される人類規模の世界市民的状態の実現へと向かわねばならないという実践的要請を、その内実としているのである。

ところで十五年後に公刊された『記憶・歴史・忘却』には、人類史規模の歴史を語るこの「歴史意識の解釈学」に対応する議論は、いっさい含まれていないように見える。一九八五年のリクールが、五月革命を経てなおも東西冷戦体制のもとマルクス主義とそこから派生したユートピア思想が影響力を保っていた思想状況にあったのにたいし、その体制終焉後の一九九〇年代に人びとの眼が未来から過去へと転じられ、「記憶の義務」が強く語られるにいたった時代にあっては、批判的に対峙するものが変わったというべきなのだろうか。

しかしそこにおいてもなお目立たないしかたでではあるが、問題意識の連続を見ることができるようにわたしは思う。それは『記憶・歴史・忘却』の第三部第一章第三節で、ナチズムの犯罪の特異性について語られる箇所である。(9)

リクールはそこで「特異な／唯一無二のものの範例性（exemplarité du singulier）」（MHO 435；下七二）という概念を提唱する。ナチズムの犯罪はそれが特異であり唯一無二であることによって、一見逆説的な言いまわしながら「範例」としての意義をもつ。というのも、そのような事態が生じた過去をもつ人びとは、先に触れたような「回避の戦略」をとることなくそれを不断に想起し、二度とそうしたことが生じないよう誓う世論を形成するのだ、と。もちろんそのような「啓蒙された賢明な世論」（MHO 436；下七三）がたやすく形成されるとは、リクールもまた考えていないであろうけれども、この議論は「経験の空間」を活性化し、暴虐と圧政の再来の抑止という実現可能なものへの「予期の地平」を保持するという、実践的な呼びかけを含意しているのである。

最後にひとことこととしよう。

リクール没後二十年が経った。その現在において「歴史理論《ヒストリカルセオリー》」は歴史「学」理論として、専門学科としての歴史学の基礎理論へと純化されつつあるように見える。[10] 日本の歴史学界にいたっては、そうした基礎理論すら、もはや歴史研究には不要なものとされているようにも見受けられる。そのようなとき、あくまで歴史学に固有な位置と権利を与えるよう努めながら、しかも同時にその歴史学を可能にする次元へと降り立ち、さらに折り返して人類史の将来の展望をも語りだそうとするリクールのテクストは、「歴史」をめぐるさまざまな問題がそこからとりだされ論じられるべき諸理論・諸省察の複合体として、つねに新たに読み返されるべきものであるにちがいない。

注

（1）Cf. Nancy Partner & Sarah Foot (eds.), *The Sage Handbook of Historical Theory*, Los Angeles et. al. : Sage 2013 ; Aviezer Tucker (ed.), *A Companion to the Philosophy of History and Historiography*, Chichester/Malden/Oxford : Wiley-Blackwell 2009. ただしフランス歴史学界ではなお影響力を保っており、管見に入ったものでは

論集 *Historicités* (Ch. Delacroix, F. Dosse et P. Garcia, dir., Paris : La Découverte 2009) にそのことは明らかである。

（2）日本社会の議論状況については、野口裕二編『ナラティヴ・アプローチ』（勁草書房、二〇〇九年）にその成果の大要を見ることができる。

（3）Cf. David Carr, *Time, Narrative, and History*, Bloomington/Indianapolis : Indiana UP 1986. 坂本多加雄『象徴天皇制度と日本の来歴』（都市出版、一九九五年）。

（4）鹿島徹『可能性としての歴史―越境する物語り理論』（岩波書店、二〇〇六年）第3章参照。「国体」論と歴史認識との関係についての最近の研究としては、米原謙『国体論はなぜ生まれたか―明治国家の知の地形図』（ミネルヴァ書房、二〇一五年）第五章を参照されたい。

（5）Arthur C. Danto, *Analytical Philosophy of History*, Cambridge : Cambridge UP 1965, p.132 ; アーサー・C・ダント『物語としての歴史―歴史の分析哲学』（河本英夫訳、国文社、一九八九年）一六二頁。

（6）四條知恵『浦上の原爆の語り―永井隆からローマ教皇へ』（未来社、二〇一五年）は、歴史の物語り理論のこの可能性を、史料に基づいた実証歴史学研究のレベルで批判的に開示するよう試みた労作である。

（7）数十に及ぶ私擬憲法草案の起草を含む自由民権運動、およびその研究史の概観には、安在邦夫『自由民権運動史への招待』（吉田書店、二〇一二年）が役に立つ。二十世紀日本の軍事体制下における多様な抵抗運動については、鶴見俊輔らの編纂による『日本アナキズム運動人名事典』（ぱる出版、二〇〇四年、増補改訂版、二〇一九年）の各項目が参考になる。

（8）コゼレクの議論については鹿島徹『危機における歴史の思考』（響文社、二〇一七年）第3章2でやや立ち入って紹介している。一般に現象学・解釈学の歴史性論による時間の分節化が普遍的・文化横断的なものであるかどうかには、つとに疑義が呈されているが（cf. David Weberman, "Phenomenology", in Tucker (ed.), *op.cit.*, pp.515f.）、少なくともコゼレクを援用するリクールにとって、以下に見る歴史時間の分節化が歴史的・社会的に制約されたものであることは自明の前提だろう。

（9）この難読の箇所については、川口茂雄『表象とアルシーヴの解釈学―リクールと『歴史、記憶、忘却』』（京都大学学術出版会、二〇一二年）第四章3の読解を参照のこと。

（10）Cf. Partner & Foot (eds.), *op. cit.*, pp.1-3.

三　歴史の記述を考える —— ベンヤミン「歴史の概念について」

名もなき人びとの追憶に史的構成は捧げられている
——「歴史の概念について」関連断章

ヴァルター・ベンヤミンの遺稿「歴史の概念について」は、過去を「イメージ」として捉えようとすることで知られている。たとえばテーゼVの冒頭は語る。

過去の真のイメージは、さっとかすめて過ぎ去ってゆく。過去はそれが認識可能となる瞬間にだけひらめいて、もう二度とすがたを現わすことがない、そのようなイメージとしてしか、確保できないのだ。

過去に生じたことをアクチュアルなものとして現在に呼び戻し、それによって現在が変容を遂げる。ベンヤミンが「今の時」と呼ぶものを核とする歴史時間において生起するこの〈過去と現在との出会い〉は、当の過去を特定の瞬間において「イメージ（像・形象 Bild）」として確保することにより可能になる。それが「歴史の概念について」の根本にあるメッセージであることはたしかだ。

だが過去をイメージとして捉えるというだけで歴史へのアプローチが尽きるわけではない。そのイメージが立ち現われ、定着する場としての「歴史記述（歴史叙述 Geschichtsschreibung）」が同時に必要となるのであり、その基本原理がこのテクストでは同時に語りだされようとしている。ベンヤミンが「史的唯物論者」と呼ぶ者は、同時に「歴史を記述する者」（テーゼⅥ）なのだ。

じっさいそこまで説きおよぶのでなければ、「歴史の概念（歴史の理解）」について十分に語ったことにはならない。このテクストの批判対象であるランケらの歴史主義、および「俗流マルクス主義的」（テーゼⅪ）な進歩史観を、最終的に退けたことにもならないはずだ。これらと訣別した歴史記述、それを「唯物論的歴史記述」と呼び、その「原理」を示そうとするのが、テクストも後段のテーゼⅩⅦである。

だがこのテーゼは、難解をもって知られる「歴史の概念について」のなかでも——テーゼⅩと並んで——最難関というべき箇所なのだ。すでにいくたりもの人びとが解釈を試みてきたし、わたしもまた自分なりの読解を『［新訳・評注］歴史の概念について』（未来社、二〇一五年）において公けにしたが、納得のゆく解釈を与えることができたとは自分でも思っていない。

ところでベンヤミンにとりそのテーゼは、ことのほか重要なものだった。テクスト全体がひとまず成稿にいたった一九四〇年四月末／五月はじめのグレーテル・アドルノ宛の手紙で、次のように語っている。

> いずれにしてもぼくはとりわけ第十七番目の省察に、君の注意を向けたいと思う。それはぼくのこれまでの仕事の方法について考えるところを簡明に述べている。そのため、これらの考察〔「歴史の概念について」の諸テーゼ〕がこれまでの仕事にたいして持っている、秘められていながらも一貫した連関を、認識させるだろうはずのものなのだ。(1)

先立つ一九三九年八月、独ソ不可侵条約締結の報による衝撃が、ベンヤミンの政治的・思想的態度に変更を迫り、「歴史の概念について」において新しい着想が――政治的配慮もあってか――極度に凝縮したしかたで表現された。「メシア的」という言葉がキーワードとして用いられるなど、ある時期以降の――マルクス主義を一九二〇年代なかばに受容して以降の――文章との断絶は明らかだ。だがそれは先行するかれの仕事を受けて書かれてもいるのであり、右の手紙はそのことを端的に語りだしている。

ではそのテーゼXVIIに読みとられる唯物論的歴史記述の原理とはどのようなものだろうか。わたしの理解では次のようになる。

(a) 過去のテクストのなかから不意に立ち現われる歴史事象のイメージを文章に定着させること
(b) その事象を隠蔽ないし周縁化してきた既存の歴史記述を解体すること
(c) 読み手もまた意想外のしかたで過去の諸事象と出会うことができる場を開くこと

この理解を出発点とも結論ともするしかたで以下のテクスト解読は進められる。

まず最初の節でテーゼXVIIの全文を私訳で掲げ、そこから解釈の足場となる言葉を取り出そう。それを足がかりにして同テーゼ全体を逐条的に読み解き、そこに明らかにされた事柄がベンヤミンの「これまでの」歴史記述とどのように「連関」しているかを検証するため、一九四〇年一月公表のヨッホマン論を取り上げる。

以下「歴史の概念について」の諸テーゼとともに参考にするのは、並行異文を多く含むテクスト、すなわち、(a)「歴史の概念について」新全集版[2]に収められた関連諸断章、(b) 通称『パサージュ論』のとりわけ断章群N、(c) 一九三七年の「エードゥアルト・フックス―収集家と歴史家」(「フックス論」と略す) である。もっともこれらと「歴史の概念について」とのかかわりはそう単純ではない。たとえば『パサージュ論』の「目覚めること」「原歴史」「文書によるモンタージュ」といったキーワードに示される方法論的着想が、そのまま反映を見ているとは思えない。類似の文章が現われる場合にも、細部に看過できない異同のあることが多い。しかもこれらの資料から析出される諸要素を、通時的・整合的に配列して発展史的に捉えようとすることは、困難だというだけでない。以下に見るベンヤミンの立場とは正面から対立するものなのだ。解釈の「傍証」ではなく「示唆」を——ただし時としてかけがえのない示唆を——与えるものとして、これらを参照してゆこう。

なお「歴史の概念について」に含まれる他の論点や用語にここで立ち入ることはできないため、それらについては右に挙げたわたしの訳書の評注を参照していただくこととし、可能なかぎりその関連箇所の頁を文中に挙げてゆく(3)。

1　テーゼXVIIの本文と解釈の足場

テーゼXVII全文の私訳を示そう。底本は新全集版でタイプ稿1と呼ばれるテクストであり、訳出にあたってはベンヤミンの手になるフランス語手稿を参考にしている(本章で言及する手稿・タイプ稿の成立と性格、および参照した各国語訳については訳二八頁以下を参照)。続く次節の解釈作業へと向け原文にはない改行を加え、〔　〕内にブロック番号と小見出しを挿入してゆく。

〔**1　歴史主義の手法**〕歴史主義がその頂点に達するのは、当然のことながら普遍史においてである。唯物論的歴史記述が方法面において他の歴史記述と明瞭に区別されるのは、なによりもこの普遍史にたいしてであるかもしれない。普遍史には理論的装置というものがない。その手法は加算的なものだ。つまり、大量の事実を取り集め、均質で空虚な時間を満たしてゆくのである。

〔**2　モナドとしての歴史的対象**〕これにたいして唯物論的歴史記述には、構成的原理が根底にある。というのも思考作用には思考の動きだけでなく、その動きを停止させることもまた属している。一定の布置状況がさまざまな緊張をはらんで飽和状態にいたっているときに、思考作用が急に止むと、その布置状況は衝撃を受け、モナドとして結晶することになる。史的唯物論者が歴史的対象に取り組むのは、ほかでもない、歴史的対象がモナドとして自分に向きあってくる場面においてのことなのだ。

〔**3　メシア的停止と革命的チャンス**〕このように成立する構成体のうちに、史的唯物論者はものごとの生起のメシア的停止のしるしを見てとる。言い換えるなら、抑圧された過去のための戦いにおける、革命的チャンスのしるしを見てとる。

〔**4　歴史過程―時代―生涯―仕事**〕かれはそのチャンスを捉えて、歴史の均質な過程を爆砕して特定の時代を取りだし、その時代のうちから特定の人物の生涯を、さらにはその特定の生涯に

なされた仕事のうちから、ある特定の仕事を取りだす。史的唯物論者のこのやりかたが実を結んでえられる成果とは、当の仕事のうちに生涯の仕事が、生涯の仕事のうちにその時代が、その時代のうちに歴史過程の全体が取り入れられ、保存されているところにある。

〔**5 歴史時間**〕史的探究によって把握されたものの滋養ある果実は、その内部に時間を、貴重であるが風味には欠けている種子として含んでいる。

〔傍点は原文の強調を表わしている。タイプミスとその訂正と思われる箇所は訳文には反映させていない。〕

一読明らかなようにこのテーゼは、第1ブロックはともかく、第2ブロック以下が読む者を容易には寄せつけない書きぶりになっている。

加えて従来のエディションには校訂上の問題があった。右のわたしの訳文では、第2ブロックで「モナドとして結晶する」のは「布置状況（星座的布置 Konstellation）」であり、これはドイツ語原文の代名詞 “sie” に対応している（底本のタイプ稿1でいったん “es” とタイプしたうえで、手書きで “sie” に訂正した箇所である）。これにたいし旧全集版以来底本とされてきたタイプ稿2では “es” と表記されており、それゆえ「モナドとして結晶する」のは「思考作用（Denken）」と読むべきテクストとなっていた（訳二一二頁）。

いずれをとるかによって理解に違いが生じてくる。タイプ稿2を、さらには旧全集版以前にタイプ稿4を底本とした校訂者や翻訳者は「思考作用」で意味が通ると考えたにちがいないし、解釈者たちもまたそうだろう。(4) 二通りの読みが可能であるところにこのテーゼの難解さが示されていると言うべきなのかもしれない。「布置状況」ととってはじめてこの箇所は理解可能になるというのがわたしの考えだが、そう語るにはテーゼXVII全体の筋の通った解釈が必要となる。

右の第3ブロックに「歴史の概念について」の全体を貫く思想を端的に示し、それゆえ全体を視野に入れた解釈のための足場を与える言葉がふたつある。

(a) まずは「抑圧された過去のための戦い」である。唯物論的歴史記述の課題がなにかをこれは端的に示している。

過去の抑圧を行なうものについては先に触れておいた(第I部一章)。いま繰り返しておくと、第一には「歴史主義」の歴史記述である。「歴史主義」とは多義的な言葉で、テーゼVIIではフュステル＝ド＝クーランジュの名が挙げられているように、一般にランケ以来のアカデミズム実証史学が念頭に置かれていよう(訳一二三頁)。ベンヤミンによればこの「歴史主義」は、均質・空虚な歴史時間を「大量の事実」によって満たしてゆく「可算的」な手法をとるという(第1ブロック)。可算的と言っても「事実」の取捨選択が不可欠であって、歴史主義においてその取捨選択を可能にするのは、記述する時代の支配層への「感情移入」である(テーゼVII)。支配体制の成立と存立にとり有意と見なされる出来事が取り上げられて、支配の正統性を弁証する記述が書き上げられ、被支配層の事績は記述に取り入れられず排除・隠蔽されるか、周縁的な事象として言及されるにとどまる。これに抗して「苦役」と「野蛮」（テーゼⅦ）に満ちた「抑圧された人びとの伝統」（テーゼⅧ）をいまに呼び戻そうというのが唯物論的歴史記述であり、それを遂行するのは「過ぎ去ったもののうちに希望の火花をかきたてる」歴史記述者であることになる（テーゼⅥ）。

第二には「俗流マルクス主義的」な進歩史観である。技術の発展による自然支配の進歩を基軸とする「人類そのものの進歩」を、歴史の実体的過程をつらぬく基本法則とする立場だ（テーゼⅪ・ⅩⅢ）。この歴史観からは、進歩に寄与しない出来事は「瓦礫」（テーゼⅨ）として「進歩の連鎖」（141）の記述から取り落とされるか周縁化される。これにたいして唯物論的歴史記述は、そのような「瓦礫」のうちに、現在に呼び戻され現在を変容させるポテンシャルをもつものを拾い上げようとする。

もとより歴史的過去の記述のありかたは、ベンヤミン以降大きく変化した。アカデミズム史学においても民衆史・社会史・ミクロストリア・オーラルヒストリーなど多様な手法が展開されたし、素材面でもたとえばかつて高度経済成長を象徴しながらその後に打ち捨てられていった「懐かしの電化製品」や、戦後の仇花と呼ばれる「カストリ雑誌」などについてのヴィジュアルな書籍の出版が相次いでいる。十九世紀以降「歴史」と切り離されてきた「文学」に逆に学ぶ「歴史の書法」についての提案が、実践をともなうしかたで行なわれてもいる。(5) にもかかわらず学校教育をはじめとするさまざまなメディアによって、歴史主義と進歩史観はなおも影響力を保っているというのが実情ではないだろうか。この通念をベンヤミンは鋭く撃とうとする。

(b) 次に「ものごとの生起のメシア的停止」である。

解釈が分かれるところだが、これもすでに略述したように、わたしの理解では「メシア的」ないし「メシア」とはこのテクストにおいては、歴史の原理的考察にとりほかに取って代わるもののない理念ないし範型として導入された思想形象である。もとより特定の宗教的伝統に由来するものではあるが、このテクストが書かれた当時の「危機の瞬間」にひらめいた「想起」(テーゼⅥ)において、ベンヤミン自身の「いま・ここ」に呼び戻されたものにほかならない(訳八九―九一頁)。「メシア」とは歴史を打ち切って過去のいっさいを呼び戻し、最後の審判のためそれを他のいっさいの出来事と関係づける。そこに現出するのは、ある関連断章の表現では「全方面的で統合的な顕現態(Aktualität)の世界」(109)である。すると「メシア的停止」とは、どの出来事も同時かつ同等に現前し、しかも他の一切の出来事との関係を内に含んでいるという仮想状態の現出を意味していることになる。そこに含み込まれた歴史事象は、これまた理念的には「モナド」(第2ブロック)の性格をもつことになるだろう。注意しなければならないが、このテクストにおいて「モナド」とは、メシア的な顕現態との関係において理解されるべき思想形象なのだ。これは以下の解釈の重要なポイントになる。

2　テーゼXVIIの解読

ここでのテーゼ読解は簡潔を旨とし、無用に細部には立ち入らないように心がけよう。さらには解釈の錯綜を避けるために、ブロックごとの注意すべき点を最初にゴシック体で示してゆく。

（1）テーゼXVIIは全体として「歴史主義」との原理レベルでの対決として書かれている

このテーゼは「歴史主義」の方法への批判にはじまり、最終ブロックでその均質・空虚な歴史時間とはことなった時間論を提示して終わる。そのことからも全体として、歴史主義の歴史記述との原理的次元における対決を試みていることは明らかであり、その点に留意して解読してゆかなければならない（ちなみにわたしの訳書の評注はおもにこの点の理解が不十分であった）。

ここに言う歴史主義の内実をさらに敷衍しておこう。史料や先行歴史記述のうちに含まれた、あるいは歴史家の調査や偶然によりあらたに見出された諸事実を取捨選択し、通時的・共時的な広義の「因果連関」（タイプ稿4のA）からなる「連続体」を形成する。この連続体はそれ自体として、広大な時間軸と空間軸とからなる「均質で空虚」な四次元体に位置づけられて「普遍史」を形成する。これは「実体的歴史哲学」（ダントー）としての進歩史観に立脚する歴史家にも共有される観点だろう。

(2)「モナド」という意想は「連続体」の対極にある理念的形象として導入される

テーゼ全体の核心部をなす第2ブロックの議論の焦点は、「構成的原理」「思考の動きの停止」、そして「モナド」としての「歴史的対象」である。

(a) 唯物論的歴史記述は「構成的原理」に基づくという。これは「構成作用」がその原理的次元に働いていることを意味している(フランス語手稿—67)。「構成作用」とはテーゼXIVによれば「今の時に充たされている時間」を場とし、「歴史の連続体」を爆砕して特定の過去を取り出し、現在に結びつけてその現在を変容させる作用である(訳一七四—一七七頁)。この構成作用(Konstruktion)により成立する「構成体(Struktur)」(第3ブロック)とは「モナド」としての「歴史的対象」であり、それゆえ「構成的原理」とは「モナド論的な原理」(118,119)であることになる。

「モナド」というとただちにライプニッツ哲学における〈全宇宙を表象している窓のない単一不可分な形而上学的実体〉のことを想起するが、ここでは歴史主義の歴史記述が形成する「連続体」との対照において「単一体」を意味する言葉であることに注意しなければならない。先に触れたように「メシア的な顕現態」のうちで他と全方面的に統合され、他のいっさいを表象するものを意味している。この理念的形象を範型とすることによって、歴史事象は「連続体」の因果連関に埋め込まれることなく、他から独立しつつ同時に他の諸事象との多面的なかかわりを保つものと捉えられることになる。これが肝要な点だ。

(b)この意味での「モナド」として歴史的対象が立ち現われるのは、「思考の動き」が停止することによるという。ここでいう「思考作用」とは歴史認識次元のものとして、事象を時系列的にたどる作用、広い意味での因果連鎖を形成する作用のことであるはずだ。その「停止」は次のように生じる。

歴史を記述する者は当然にも、過去に生じた事象を「そのまま」目の当たりにしているわけではない。まずもって史料を、さらには先行する歴史記述を読む者である。たとえばベンヤミンが亡命先のパリの国立図書館でプロジェクト「パリ——十九世紀の首都」のための資料を探索して、さまざまな文献に目を通している様子を思い浮かべてみよう。そのように文献を渉猟するなかで不意に、あたかもつまずくかのように、従来は注目されずにいた事象へと目を向けることがある。それは当初は「さまざまな緊張をはらんで飽和状態にいたっている布置状況」にあるもの、すなわち他の事象と整合的でなかったり、読む者が歴史知識として先行的に理解している事柄と相容れなかったりする事象だろう。それは同時代状況や自分のこれまでの生き方を鋭く射抜いて相対化し、変容を迫るものであるかもしれない。もとよりそうしたことは、いつでもだれにでも生じうることではあろう。だがこのテーゼの文脈では、従来の歴史記述のうちに隠蔽された、抑圧・忘却された人びとの事績の痕跡が問題になっている。そのようにひそやかに伝承されているものをいまに呼び戻しうるかどうかという「危機状況」(127;テーゼⅥ)に、ひとはいまここで立たされていることになる。

歴史主義であればそうした事象を有意なものとは認めず、読解や記述から取り落とすなり、「思考の動き」をさらに進めて前後の事象と結びつけて説明し、「連続体」の整合性・一貫性を保とうとするだろう。これにたいして、いま「フックス論」の表現を用いれば「弁証法的な構成作用」は、「事実的なものについての調査結果を寄せ集めたもの」にではなく、「歴史的な経験においてわたしたちに根源的なしかたで降りかかってくるもの」（GS II·2, 468 Anm.; 六二一頁原注（2））に定位する。つまりは当の事象との出会いを「過去とのかかわりにおいて生じる唯一無二の経験」（テーゼXVI）と受けとめて立ち止まることになる。これが「思考運動の切れ目（中間休止 Zäsur）」（『パサージュ論』N10a,3）であり、「思考の動きを停止させること」なのである。

ベンヤミンをそのように立ち止まらせたテクストは、さまざまにあっただろうけれども、次節に見るヨッホマンの著作もまたそのようなものであった。

(c) この停止によって、そのままでは連続体に埋め込まれかねない事象が右の意味での「モナド」として立ち現われ、内部のさまざまな要素をイメージにおいて同時に現出させることになる。歴史記述を行なおうとする者に向き合ってくるこの「歴史的対象」を、その多様性・多元性において記述することが、唯物論的歴史記述の課題となる。

この「モナド」としての歴史的対象という論点に参考となる一文が、『パサージュ論』の断章群Jにある。

芸術史における進歩という考え方に、ボードレールはモナド論的な着想を対置している。(J38a,7)

続いてベンヤミンが引用しているように、芸術において或る作品が花開くのは「自発的」にであり、「個人的」にであるとボードレールは語っている。個々の芸術家ないし個々の作品を芸術史の連続的な進歩過程の一項と捉える考え方に抗して、それらを内発的に成立するものと捉える立場こそが「モナド論的」なのである。

ところで本章の冒頭で、イメージと歴史記述について触れた。テーゼⅤおよびⅥに言われる「イメージ」とこのテーゼⅩⅦの「唯物論的歴史記述」とはどのような関係にあるのだろうか。

フランス語手稿を見ると「衝撃を蒙った布置状況」が「イメージ」であり、これがモナドとして構成されることになると言われている(67)。すると過去と現在の不意の出会いにおいてイメージが形成され、そのイメージの内実の解明と定着が歴史記述においてなされると考えるのが分かりやすい。他方『パサージュ論』N10a,3 の並行異文では、本テーゼにおける「モナドとしての歴史的対象」に対応するものが「弁証法的イメージ」と表現され、「唯物論的歴史記述において構成される対象」とはこの「弁証法的イメージ」であると言われている。これに示唆をえて、歴史記述の場においてこそイメージが「歴史的対象」として構成されるのだとも考えられる。これはどちらとも決めがたい。というより、両者いずれもありうることではないだろうか。

（3）「メシア的停止」と「革命的チャンス」は「しるし」として歴史記述者に参照される

第3ブロックでは「しるし」という言葉に注意しなければならない。歴史記述の場においてメシア的な「全方面的で統合的な顕現態」がそのまま現われてくることはない。あくまでその「しるし」が見てとられる。「しるし（Zeichen）」とは一般に、なにごとかの出現ないし存在を可感的・具体的なしかたで間接的に提示するものである。「モナド」としての歴史的対象の立ち現われに、メシア的停止という理念的状態の「しるし」が見てとられ、それに導かれて「思考の動きの停止」を堅持しながら歴史的対象へのアプローチがなされてゆく。さらには「かつて生じたことは歴史にとりなにひとつとして失われたものと諦められることはない」という「真理」（テーゼⅢ）に定位して、従来の歴史記述によっては取りこぼされ隠蔽された事象をいまに取り戻そうという態度が、ここに揺るぎないものになるだろう。

「革命的チャンス」については、底本の続くテーゼXVIII（底本以外の原稿にはないテーゼ）で次のように言われている。隠蔽されてきた過去を瞬間において開示することが、政治的な意味での革命的チャンス、およびそれに呼応するアクションにそのまま結びつくのだ、と。歴史において抑圧され打ち負かされた人びとの事蹟、正史により忘却され隠蔽された事象が現在に呼び戻されることによって、その現在の「革命＝転回（Revolution）」へとひとは向かいうるにちがいない。そうした過去の事象の呼び戻しは、当該の事象との不意の出会いにおいて生じるが、その出会いの好機《チャンス》はメシア的な顕現態においてであれば遍在しているはずのものだろう。「モナド」としての歴史的対象との出会いは、チャンスのこのメシア的遍在の「しるし」として、「抑圧された過去」の救出へとひとをして向かわしめるものなのだ。

（4）「歴史過程」とは実体的・客体的なものではなく、歴史記述により形象化されるものである。史的唯物論者といえども生《なま》の歴史事象に向き合ってそれを提示するのではない

第4ブロックは一読すると、唯物論的歴史記述が成立する段階的なステップを示しているように見える。しかもその成果としての歴史記述においては、「特定の仕事」のうちに「その生涯になされた仕事」「特定の時代」「歴史過程の全体」が入れ子状になって含みこまれると言われているように見える。

だがこのブロックもまた、歴史主義が記述する「歴史の連続体」を爆砕する趣旨のものと読む必要があるだろう。「爆砕して取り出す（heraussprengen）」という言葉が用いられているように、唯物論的歴史記述の「歴史的対象」を、ほかでもない先行歴史記述のなかから取り出すことが問題になっている。その意味でここで行なわれる「構成」とは「破壊／解体（Destruktion）」を伴うものなのだ（『パサージュ論』N7,6; N10a,1参照)。

右に見た「革命的チャンス」とは、歴史の連続体による過去の隠蔽・抑圧に抗する「戦い」におけるものであった。歴史的対象を右の意味での「モナド」として受けとめることにより、歴史主義が記述する「歴史の均質な過程」――これは記述であって実体的過程ではない――を「爆砕」する好機がえられる。つまりは連続体としての歴史記述から、そこに埋もれたものを解き放つことがなされる。さらにはその連続体のうちに位置づけられているもの(たとえば「特定の時代」)もまた、因果的に説明され連続体として記述されることのないよう「爆砕」されて、その内部に含まれているもの(「特定の人物の生涯」や「特定の仕事」)が記述の対象として取り上げられてゆく。

さらにブロック後半によれば、記述における特定レベル(たとえば「時代」)とは、その内部において別レベル(「生涯」)が因果連鎖的に記述される均質な時間枠組みとなるのではない。各レベルはそのうちに他のレベルを幾重にも反映させており、ひとつのレベルにおける記述は、いつでも他のレベルの記述に転じる契機を内包している。このように各レベル間に記述の転移がなされうるとは、いずれのレベルにおいても不連続体が形成されることを意味している(『パサージュ論』N9a,6参照)。その具体的な様相は次節でヨッホマン論を手がかりに見ることにしよう。

ここで第4ブロックの終段に「歴史過程の全体」ということが語られているのには、注記が必要である。「メシア的な顕現態」が範型として働くとき、ひとつの対象に全歴史過程が――因果連鎖的過程としてではなく全事象が同時に現出しているものとして——映し出されていると想定される。ただしそのようなメシア的顕現態はあくまで理念として働くのであり、その理念に基づく「かすかなメシア的な力」（テーゼⅡ——強調原文）によって記述されるのは、記述者の現在との出会いにおいて見えてくる過去の多層的なありかたであるだろう。先取りして言えば、ヨッホマン論ではそれは歴史的対象の「前史」と「後史」にまたがる時間的スパンのものである。

（5）歴史的対象に内在する歴史時間は「今の時」を核とする

最後の第5ブロックでは、以上の考察の前提になっている時間論が、「果実」と「種子」の比喩を用いて語り出されている。これは先行するテーゼⅩⅢにはじまる歴史時間についての考察を締めくくる意味をもつ。

歴史主義が前提とするのは「均質で空虚な時間」（テーゼⅩⅢ）という枠組みであった。歴史事象にとっては外的に存在する歴史時間である。これにたいし唯物論的歴史記述において対象に内在している歴史時間は「今の時に充たされている時間」であり、そこに「種子」として含まれているものとはこの「今の時」のことだ。「今の時」とは、特定の過去が現在に意想外に呼び戻されてその現在を変容させるポテンシャルのことである（訳一七六頁）。それは「風味に欠けている」。すなわち歴史主義による出来事を充満させた「記念碑的」で「委曲を尽くした」（115）叙述に慣れた人びとには「口に合わない」ものだが、唯物論的歴史記述にとっては欠かせない「貴重な」ものである。

この「今の時」が歴史記述の展開とともにそのポテンシャルをさまざまに繰り広げてゆく。記述はこのポテンシャルを「種子」として含むものとして、従来の歴史記述により隠蔽された過去を、書き手および読み手が不断に呼び戻しつつ自己変容を遂げるという、そうした可能性を与えるものになるのだ。

以上このテーゼに語られているのは、唯物論的歴史記述のための具体的な「方法」ではない。それが基底に備えるべき「原理」であると第2ブロックで言われていることに注意しなければならない。記述者がみずから歴史的存在として所与のものとしている先行歴史記述の因果的説明を解体しつつ、そこから隠蔽・忘却されたものを救い出すための、メタ歴史記述的な「理論的装置」なのである。

それにもとづく歴史記述は、ここが重要なのだが、人類史的過程や各時代のみならず特定の個人の生涯やその全仕事を、「通史」として連続的に描くことを退けるものとなる。このことによってそれを読む者もまた、特定の事象を因果的連続性において「説明」されはしていないものとして、みずからの現在に意想外のしかたで呼び戻し、その現在を変容させる可能性をえることになるだろう。これこそが他の歴史記述とは根本から異なる、唯物論的歴史記述の核心的なありかたなのだ。

3　「カール・グスタフ・ヨッホマン「ポエジーの退歩」への序論」

それぞれの時代に生きている者は〔中略〕過去のために饗宴を準備する責務がある。歴史家とはいまは亡き人びとをその席に招待するために遣わされる使者なのだ。

――『パサージュ論』N15,2

先に引用したグレーテル・アドルノ宛の手紙が示唆するところでは、ベンヤミンのじっさいに行なった歴史記述の方法的特質が、このテーゼXVIIに照らして浮かび上がるはずである。逆にそうした歴史記述が「歴史の概念について」の理解に光を当てるところもまたあるだろう。

当然のことだが歴史記述そのものの場で、以上の議論がその用語ともども現われてくるわけではない。「メシア的」や「モナド」といった概念は歴史の原理的考察にとっては不可欠ではあるが、『パサージュ論』N8,1にも言われるように「歴史を直接に神学的な諸概念において記述しようと試みる」ことは不要であるばかりか、事柄的に言って「許されない」。原理的考察を背景にするじっさいの歴史記述がどのようなものとして現われるかを見てとることが、ここでの課題である。

ベンヤミンの手になるもので歴史記述と見なしうる文章は多い。ここでは「歴史の概念について」

と執筆時期が離れておらず、しかも歴史的対象を取り上げたコンパクトで完結した文章として「カール・グスタフ・ヨッホマン「ポエジーの退歩」への序論」を取り上げよう（訳二〇七—二〇八頁）。ヨッホマンの論文からの抜粋に第三者による伝記的・書誌的報告の抜粋などを加えたテクスト群に、「序論」として付せられた文章である（以下「序論」と略す）[6]。

ヨッホマン（Carl Gustav Jochmann, 1789-1830）はいまでこそ三月前期の重要な政治的著述家のひとりと評価され、「ポエジーの退歩」（一八二八年）もまたFelix Meiner社の叢書Philosophische Bibliothekの一巻として刊行されているが、ベンヤミンがそれと出会ったときには、かれの存在も著作もほぼ忘れられていた。そのためベンヤミンの「序論」は前半で、ヨッホマンの忘却という観点から、同様に忘却の淵にあった人びととのかかわりを示してゆく。転じて後半では、論文「ポエジーの退歩」に焦点を当て、そのいくつかの論点をめぐり後継者と先行者とのかかわりを示すという結構になっている。じつのところベンヤミンの目を惹いたのは、未来に背を向け過去のいまや消え去らんとする事績に触発されてひらめくヨッホマンの「予言者的眼力」であったように思われるが（136f.;『パサージュ論』N9,7）、ここではあくまで歴史記述としてのありようを取り上げてゆこう。

検討に先だって考えておきたいのだが、読み手にとり多かれ少なかれ未知であるような著者およびそのテクストについての解題は、通常ならどのように書かれるだろうか。かつてよく読まれたシリーズ「世界の名著」（中央公論社）などを想起すると、(a) 著者の生きた「時代」を必要な範囲で提示しながらその「生涯」を記述し、(b)その生涯の記述のなかに一連の「著作活動」を織り込んで紹介してゆき、(c)収録テクストをこの生涯および著作活動のうちに位置づける。そのうえで、(d)収録テクストの大要を提示して、(e)「後世への影響」に触れてゆく。こうした書法はテーゼXVIIの観点から見るなら、「時代」「生涯」「生涯の著作」「受容史」という各レベルにおいて諸事象を継起的・因果的に説明し、それらを結んで全体としての「連続体」を作り上げる。その「連続体」は書き手によりそのつどあらかじめ想定され、かつその記述により確証され提示されもするという、そういったものだろう。

このような解題の一般的なありかたを念頭に置きながら、「序論」の特質を順を追って明らかにしてゆきたい。(7)

(1) 前半部──忘却

(a)「序論」は冒頭ただちに「忘却」の問題から語りはじめる。ヨッホマンの「ポエジーの退歩」がこれまで「一般に知られず隠れた存在であったこと」の諸原因を探り、ヨッホマンおよび当該テクストと親和性をもつ「先行者、同時代人、後継者」の仕事を媒介に現在への取り戻しをはかるという構えを示している。

そもそも同時代の忘れられている人びとのなかでも「これほどまでに公共の意識から見失われてしまった者はまずいない」(578:二五三)というヨッホマンのような人物と著作を取り上げること自体

が、一般に流布している思想史の「連続体」を爆砕する、とまで言えないとしても、それを「逆なで」し亀裂を与える挙措だろう。

もちろんそれだけなら、あらゆる忘れられた歴史事象の記述について言えることかもしれない。だがベンヤミンはヨッホマンを忘却から救い上げ、思想史のうちに「正当に」位置づけようというのではない。つまり、いったん生じた亀裂をふさいで連続性のある思想史を再構築しようというのではない。ヨッホマンはあくまで「忘れられている」という視点から論じられてゆく。かれのテクストがいまに甦るのは思想の発展史に位置を与えられることによってではなく、大きく時代を隔てた先行者と後継者との意想外のかかわりが示されることによってなのだ。
(b) ヨッホマンとのかかわりでまず取り上げられるのは、先だってフランスに移住したドイツ人のうち、フランス革命を経験した「ドイツ市民階級の先駆的な闘士」(573：二四三)と評価される人びと(フォルスター、シュラーブレンドルフ、エルスナー)であり、さらにはロシア領のバルト諸州の解放運動を担った人物(メルケル)である。これらの人びとがそれぞれに形成する「伝統連関」は、しかしいずれもビスマルク帝国の成立とともに忘れられていったという。
この同時代グループへの帰属を論じ進めるからといって、ヨッホマンについてその生涯がまとまりをもった連続体として示されるわけではないことに注意しよう。右の人びととのかかわりでそのつどパリ在住、ペルナウでの出生、ドイツでの学業とナポレオン軍への参戦、リガを離れて以降の晩年の生活についての記述が、断続的なしかたで挿入されてゆく。

さらには、右の忘却された人びとと結びつけるからといって、思想史の新たな連続体が提示されるのではない。むしろそのグループにおいてかれが周縁に位置し、「孤立」していたことがきわだたせられる。フランスに移住したドイツ人のなかでヨッホマンは、フランス革命にかんする回想・伝承を書くという〈遅れてきた者〉の位置にあったし、ポーランド解放を託してナポレオン軍に参加しながらも失望し、おそらくは〈挫折した者〉として生涯それについては沈黙を貫いた。この孤立と忘却・沈黙は、「序論」冒頭で「グループ分けに組み入れられずに時が経ったものは忘却に委ねられる」(573：二四二)と言われるとおりだろう。

以上のように、ヨッホマンの文章との出会いという経験に立脚し、その時代から特定のグループを、そのグループから特定の個人を、そして次に見るようにその個人の著作のなかから特定のテクストを、いずれも孤立し忘却されたものとして取り出す作業がなされている。そのかぎりにおいて「歴史の連続体の多層的な爆砕」という発想が、記述の前提となる方法的態度となっているように思われる。

(2) 後半部——後継者と先行者

「序論」後半は、孤立したヨッホマンの著作のなかでも「ポエジーの退歩」はさらに孤立したものであるとし、ポエジーの将来についてのその両義的な立場を指摘したうえで、〈過去とのかかわり〉という論点について後継者を、〈太古の根源的言語能力〉について先行者を見いだしてゆく。

(a) まず〈過去とのかかわり〉という論点をめぐって、ヨッホマンのテクストの目立たない箇所に注目し、それを問いの形式に置き換えて提示するところからはじめる。「過ぎ去ったものはすべて失われもしたのだと見なし、失われたものはすべて埋め合わせられてはおらず、また埋め合わせがつきはしない」と見なすのは正当だろうか、という問いがそれである(580 ; 二五六)。この「控えめだが核心的な問い」によってヨッホマンが疑問視しているのは、キリスト教中世へと回帰し過去を再現して自分のものにしようとする同時代のロマン派の態度であった。このロマン派に端を発する〈過去の模倣〉は、「序論」によればそののち十九世紀末ヨーロッパにいたって、とりわけ建築の分野に根を下ろした。それにたいする反抗を開始したのがユーゲントシュティールであり、その反抗は同様に新即物主義とアドルフ・ロースの建築理論にも働いている。さらに最近では、神話をわがものにするまでに過去を模倣しようとする「ファシスト」に対抗するベンヤミン自身の「唯物論的芸術理論」(582 ; 二六〇)がその後継者になっているという。ベンヤミンの現在とヨッホマンの過去とが、ここに時を隔てて出会っている。

これらの後継者を指摘して、ヨッホマンを時代に「百年先行していた」と見なすことは、これまた文化史の新たな連続体を提示することではない。後継者とのかかわりにおいてヨッホマンの立場を鮮明にすることなのだ。右の問いの内実は、「過ぎ去ったもののすべてを新しくする必要はない」「多くのものがより高次の形式にいたっている」「かつて有益だったものの多くがいまでは無益である」という洞察として読み替えられるのである（582；二六一）。時代を隔てた後継者をこれと示して「歴史の連続体」を打ち破る操作は、ヨッホマンのこの立場をきわだたせ「いまに呼び戻す」ことになる。もっともこの立場は「序論」執筆開始の前年に公刊されたベンヤミンの「複製技術時代の芸術作品」（一九三六年）に近く、「歴史の概念について」とは距離があるように思われるのだが。

(b) 先行者について見よう。ヨッホマンの主張は〈太古の根源的言語能力〉を想像力にもとづくポエジーとし、理性的熟慮にもとづく散文に歴史的に先行すると見なすところにある。この主張を「序論」は、ヴィーコ『新しい学』に由来し、その思想を豊かにしたものと見る。このヴィーコとのつながりがあるからこそ、ヨッホマンは啓蒙主義からも孤立することになったという（584f.；二六四―二六五）。未来への態度においてロマン主義と、先史時代の理解において啓蒙主義と隔絶していたことが、「ポエジーの退歩」の忘却が偶然ではなかったことの理由なのである。にもかかわらずそれが現在に甦ることもまた偶然ではないだろうと述べて、「序論」の筆は擱かれている。

いま試みにヨッホマンという人物とその著作が、「モナド」として立ち現われた「歴史的対象」としての意義をもつと考えてみよう。ベンヤミンがそれに目を向けたときに、そのまわりに多くの人物や思潮が同時に浮かび上がって「布置状況」が形成される。この布置状況を因果的説明による歴史記述により「思想史の連続体」へとまとめ上げず、ヨッホマンの孤立を強調しながら、当時の状況と同様の境遇の人びとともに多層的なしかたで結びつけて記述してゆく。さらに論文「ポエジーの退歩」をも孤立したものとしたうえで、それを起点に意想外のしかたで後継者をユーゲントシュティールや唯物論的芸術理論として、先行者をヴィーコ『新しい学』として示してゆく。このような歴史記述は読む者にたいし、連続体としての因果記述によっては抑止されるであろうところの各自なりの「過去の呼び戻し」を可能にするものであるだろう。

全体としてヨッホマンは、革命的著述者の姿において忘却から甦る。ドイツの革命的「伝統」のうちに位置を与えられるわけなのだが、しかしそのことによって二十世紀にまで継続する革命運動の進展という進歩の物語の一コマとされるのではない。かれの生涯と著作とに複合的に織り込まれた諸契機が非継起的に提示され、読者にとり不意の出会いの場がそこにしつらえられるのだ。

＊

以上に見た「序論」は、ヨッホマンの「忘却」の問題に焦点を当てていた。その公刊後間もない時期に書かれた先のグレーテル・アドルノ宛の手紙で、ベンヤミンは続けて次のように語っている。

これらの〔「歴史の概念について」の〕省察はぼくに次のことを推測させる。これまでとは異なった次元でそこに現われている想起（と忘却）の問題に、ぼくはこれからずっと長いこと取り組まなければならないだろう、と。

ここで括弧に入れられている「忘却」とは「歴史の概念について」においては、なるほど「過去の呼び戻し」の前提とはなっていても、主題的には論じられることがなかったものではなかったか。ヨッホマンに見出された「沈黙」についてもまた同様ではなかったか。これらの問題に正面から取り組むこと、それがベンヤミンの歴史についての理論的考察にとっての、さらなる課題となったかもしれない。それへの取り組みは長い道のりを経るものになったかもしれない。もっともその道を歩むための時間は、かれにはもうほとんど残されていなかったのだけれども。

注

（1）*Walter Benjamin Gesammelte Briefe*, Bd.VI, Frankfurt a.M. : Suhrkamp 2000, S.436 ; ヴァルター・ベンヤミン／グレーテル・アドルノ『往復書簡 1930-1940』伊藤白・鈴木直・三島憲一訳（みすず書房、二〇一七年）三六〇頁。この書簡集原典は以下 GB と略記して巻数と頁数を示す。

（2）*Walter Benjamin Werke und Nachlaß. Kritische Gesamtausgabe*, Bd.19, *Über den Begriff der Geschichte*, Berlin : Suhrkamp 2010.

（3）以下括弧内に「訳」と略記して頁を示しているのはわたしのこの訳書である。これにたいしアラビア数字は（第3節は除き）右に挙げた新全集版の頁を指している（その箇所はとくに断らないかぎり関連断章中のものである）。『パサージュ論』と「フックス論」は旧全集版（*Walter Benjamin Gesammelte Schriften*, Frankfurt a.M. : Suhrkamp 1974ff. ─以下GSと略記）のそれぞれ第Ⅴ巻と第Ⅱ・2巻所収のテクストに拠り、『パサージュ論』は日本語訳書（今村仁司・三島憲一ほか訳『パサージュ論』岩波文庫、二〇二〇―二一年）にも付されている原典の断章番号を示し、「フックス論」は第Ⅱ・2巻の頁数に加えて『ベンヤミン・コレクション 2』所収浅井健二郎訳の頁数を漢数字で付記する。

（4）注目すべきことに一九七五年に刊行された論集 *Materialien zu Benjamins Thesen ›Über den Begriff der Geschichte‹* (hrsg. von P. Bulthaup, Frankfurt a.M. : Suhrkamp) 所収の Gerhard Kaiser : Walter Benjamins » Geschichtsphilosophische Thesen « および Hartmut Engelhardt : Der historische Gegenstand als Monade は、旧全集版テクストのこの箇所が難読であることをそれぞれに指摘し、とくに後者はフランス語手稿を参照してタイプ稿1のように読むことを提案していた（*op.cit.*, S.309）。そのタイプ稿1の校異は一九八九年に旧全集補巻ではじめて公表されたが、その後の「歴史の概念について」の主だったモノグラフではこの異同は問題にされずに、旧全集版テクストで読み進められており（Ralf Konersmann, *Erstarrte Unruhe. Walter Benjamins Begriff der Geschichte*, Frankfurt a.M. : Fischer 1991. 今村仁司『ベンヤミン「歴史哲学テーゼ」精読』岩波現代文庫、二〇〇〇年。Michael Löwy. *Fire Alarm. Reading Walter Benjamin's 'On the Concept of Hitory'*, tr. by Chris Turner, London/New York : Verso 2005/2016）、わたしが手にしえたベンヤミン研究書（たとえば Alison Ross, *Revolution and History in Walter Benjamin : A Conceptual*

Analysis, New York/London : Routledge 2018）においても同様である。

（5）たとえばイヴァン・ジャブロンカ『歴史は現代文学である――社会科学のためのマニフェスト』真野倫平訳（名古屋大学出版会、二〇一八年）、同『私にはいなかった祖父母の歴史――ある調査』田所光男訳（名古屋大学出版会、二〇一七年）を参照。

（6）一九三七年から翌年にかけて執筆され、遅れて一九四〇年一月刊行の『社会研究誌』第八巻第一・二合併号に掲載された。ベンヤミンがヨッホマンの論文にいつどのように出会ったかは、その「発見」をめぐる旧友ヴェルナー・クラフトとの諍いもあって定かではないが（訳一一九頁注）、書簡を見るかぎりでは一九三六年二月、パリ国立図書館におけることだったようだ（cf. GB V, 474）。この「ドイツ語圏最大の革命的著述家のひとり」（GB V, 480）を世に知らしめるべく、さっそく抜粋公刊の道を探り、最終的には『社会研究誌』に寄稿する運びとなる。ベンヤミンに序論を書くよう要請したのはマックス・ホルクハイマーであった（cf. GS II・3, 1393f.）。

（7）本節における引用および頁数は、旧全集第Ⅱ・2巻所収のテクストにより、その頁数に加えて『ベンヤミン・コレクション 2』所収久保哲司訳の頁数を漢数字で付記する。

四　「物語が消えた……」――田中小実昌『ポロポロ』

懐かしい名前というものがある。だれかが口にするとただちにその顔が、さまざまなエピソードが忽然と思い浮かぶ、そうした人物の名だ。この「懐かしい」という言葉には、長い間そのひとのことを忘れていたという響きがある。忘れていたからこそ、いま不意に思い出すこともまたできる。忘却と想起はその意味で一体のものであるにちがいない。

田中小実昌《こみまさ》とは、ある世代、とりわけ一九七〇年代に青春時代を過ごした世代にとって、まさに懐かしい名前だろう。禿頭にニット帽をかぶった飄々とした風貌で「11PM」など当時の人気テレビ番組によく顔を出していたし、新宿ゴールデン街を根城にする「新宿文化人」のひとりとして週刊誌のグラビアに登場するなどしていた。「コミさん」の愛称で知られるおしゃべりな奇人として通っていたわけだが、しかしそのころかれはすでに小説家として名をなしていた。敗戦後日本社会の混沌とした状況のなか、ストリップ劇場の裏方や進駐軍関連施設での下働き、香具師《やし》の身内の易者といったさまざまな職業を経て、レイモンド・チャンドラー、カーター・ブラウンなどの推理小説の翻訳で身を立てたのち、一九六〇年代にはみずからの多彩な体験を素材とする作品を発表していった。五十四の年である一九七九年には、直木賞と谷崎潤一郎賞とをふたつながら受賞してもいる。ちなみに逝去したのは二〇〇〇年、滞在先のロサンジェルスでの客死であった。

そのかれが意外にも東京帝国大学で哲学を学んでいた。そのことはマスコミで紹介されるさいには必ず言及されていたはずだ。本人の回想によれば、出隆や和辻哲郎の講義を聴き、池上鎌三のカントを読む演習に出席するなどしたものの、数か月で大学に行かなくなり、一九五二年、二十七の年に除籍になったという。アカデミズム哲学との接点はその時点で断ち切られたことになる。ただしかれには「哲学小説」と一般に呼ばれる一連の作品があって、『カント節』(一九八五年)『ないものの存在』(一九九〇年)の二冊にまとめられている。それらを読むと、年齢を重ねてなお多くの哲学書を翻訳で濫読し、独特のしかたでものを考えていたことが分かる。

ところで、少なくとも七〇年代当時のわたしが知らなかったことがある。かれ田中小実昌の戦争体験がそれだ。

いま年譜類を見るなら、一九二五年に東京に生まれて広島の呉に育ち、旧制福岡高等学校在学中の一九四四年十二月に、同年施行の徴兵年齢引き下げ措置によって十九歳で応召し、二等兵として中国大陸に輸送されている。敗戦を経て一九四六年八月に復員し、翌年東京に居を移したが、それは東京帝大哲学科に復学するためであった。復学というのも、兵役についたまま高校を繰り上げ卒業となって、一九四五年四月に無試験で入学していたからだ。戦中戦後の混乱を映し出すかのように、そのことを本人は遅れて一九四六年夏、久里浜に停泊していた復員病院船において、父親・田中種助（遵聖）からの手紙ではじめて知ったという。(1)

その戦争体験を一連の小説作品に描き出したのが『ポロポロ』（一九七九年）という、いささか風変わりなタイトルの著作だ。かれの遺したもののなかでも世評の高い一冊といえようか。

収録されているのは一九七七年から七九年にかけて文芸誌『海』に発表された七つの短篇だ。そのうち表題作「ポロポロ」は、太平洋戦争の開戦前後に呉の実家で起きた出来事を題材にしている。「ポロポロ」とは、独立系キリスト教会の牧師である父親と信者とが祈りにさいして口に出す言葉にならない言葉が、いつもそう響くものだったという。

続く六篇は一年半にわたり過ごした中国大陸での体験を描いている。もっとも作者によれば、米軍機による機銃掃射を受けたほかは「敵兵」を見ることは一度もなかった。そのため本書には戦闘の場面は出てこない。代わって描かれるのは中国各地を転々とする行軍の実状、とりわけ日本兵の無惨な死にざま、みずからの伝染病罹患と闘病、敗戦を湖北省の野戦病院で迎えた様子、そして敗戦後の捕虜生活にまつわるエピソードなどであって、これらがニヒリズムの翳をも感じさせる乾いた筆致で描かれ、その合間に作者のいろいろな思いが綴られている。作者本人の風貌を思わせる飄々とした文体ながら、おそらく翻訳者としてのキャリアがものを言ったのだろう、各篇いずれも巧みな構成のストーリーテリングによって書き上げられている。

この連作を「回想記」と見なすことができなくはない。先だって田中小実昌は、幼少期から一九四七年ごろまでにかんする自由なスタイルの自伝的回想を雑誌『平凡パンチ』に連載し、『不純異性交友録』（一九七四年）と題する単行本にまとめている。それを読むと『ポロポロ』連作の内容に大筋において重なる出来事が記されている。以下に見る重要な点で相違があることをのぞけば、ひとまずこの連作は――一部人物の名前を変えるなどしながら――いわゆる「実体験」にのっとったものであるように見受けられる。まとまった自伝を執筆したうえで、おそらくはそれにたいする反省を踏まえて、あらためて「小説」として戦場体験を文章にし、独特の「戦記文学」に創り上げたと、とりあえずは言えるかもしれない。

　さてその『ポロポロ』に「物語」をめぐるユニークな考察が見られる。しかもそれは「物語」についての批判的反省のひとつの極限点を示している(2)。

　その「物語」考察をここで取り上げようというわけだが、とりあえずは文学作品だということもあって、その語りを整理はしても理論的に純化したり「物語論」として評価を下したりするつもりはない。「物語」をめぐる問題を読み手が自由に考えるための「示唆」、さらに言えばそれへと向けて投げかけられた「謎」を、そこから受け取ってみたいと思う。

1

「物語」という言葉には奥行きがあり、多様な意味が内含されている。千年の歴史がある古語としての用法は措いたとして、現在流通している言葉としてもさまざまなニュアンスがそこに響いている。

ごく日常的な用法はといえば、「長篇小説ほどはストーリーが複雑ではなく、登場人物や作者の内省よりも筋立てそのものに力点が置かれている虚構の語り」といったあたりになるのではないだろうか。だからこそときによっては、(a)創作物の「あらすじ」のことを指したり(映画のパンフレットなどに使われる)、(b)ジャンルとしては主に「子供向け」のものを意味したり、(c)現実の事象にかんするものとしては「その来歴を概観ないし点描する」ものを意味したり(たとえば『物語「京都学派」』)するのだろう。もっとも一般に言葉の定義とはその使用にあるとするなら、「物語」という語の複雑な含意は到底これには尽きず、そのつど分類不可能なまでの多様な用法において現われてくるにちがいない。

「物語」はひとりの書き手によってもさまざまな意味で、さまざまな評価を伴って用いられる。ヴァルター・ベンヤミンを例にとろう。

第Ⅲ部一章で取り上げた一九三六年の論考「物語作者」でベンヤミンは、「物語ること」を顔の見える関係における口頭での語りにまで立ち返って考えている。いま『ポロポロ』に結びつけながらポイントを確認しておくと、次のようになる。

「物語」はフィクションの場合にも語り手の経験にもとづいており、聞き伝えを語る場合にもこれまでなされてきた人びとの経験を語ることになる。つまり「物語」の特質は「経験を交換する能力」に根ざしているところにある。じつは中国大陸での経験を語る田中小実昌の連作もそうした性格をもっている。「じっさいに起こったのはなんだったのか」とか「フィクションなのか実録なのか」とかいったこととはひとまず無関係に、作者の経験を読者に伝えようとしているのだ。

第二に、作品としての完結性を持つとはかぎらず、語るたびに内部の展開が変わってゆき、話の始まりや終わりすら変わってゆく。そのため受け手はみずから別のひとにその先をも含めて語り継ぐことができる。『ポロポロ』の各篇におけるストーリーテリングの妙は、「物語」のこの「開放性」とでも名付けるべき特質に支えられているように思う。

第三に「物語」は、語り手がみずから記憶している多くの出来事をそのつど引き出しながら語られるため、さまざまなエピソードがときに明確な脈絡や意味づけをもたないまま挿入されてゆく。こうした自在な語り口は出来事をただ「語る」というだけ、提示するというだけであって、あれこれの説明や理由づけからそれを解き放っておくという意味をもっている。長篇小説や学問的歴史叙述が、出来事の連関をなんらかの必然性をもって提示するのにたいし、そうした説明から解放された「物語」を前にして、聴き手／読み手は事柄を受け止める大きな自由をもつことになる。これが『ポロポロ』

の各篇に具体的にどのように現われてくるのかは以下に見よう。

一九三六年のこの「物語作者」は、一九二〇年代後半から展開されていた「物語」についてのベンヤミンの考察の集大成と位置づけられている。[3] するとその後はどうなったのだろうか。とくに一九三九年から四〇年にかけて執筆された遺稿「歴史の概念について」においてはどうなったのだろう。

この遺稿は歴史の出来事を「イメージ」として「危機の瞬間に捉える」必要を語り出している。ではこの「イメージ」と「物語」とはどのような関係にあるのだろうか。それについてこのテクストは語るところがない。ただ、準備稿として現在に遺されている断章のなかに、歴史事象を「物語る」ことにたいする明確な拒否が語られているのを見のがすわけにはいかない。

それによれば、ランケ、フュステル゠ド゠クーランジュらの「歴史主義」は、「歴史は物語られるものだ」との前提に立っているという。「歴史主義」とは前章でも見たように、歴史のそのつどの勝者とその後継者である現在の支配者に「感情移入」し、その過去および現在の支配の正統性を弁証するべく、歴史を出来事の必然的な因果的連鎖として提示するものであった。「歴史を物語る」とは、この「歴史において継起する出来事のあいだに因果連関を打ち立てる」ことを意味しているというわけなのだ。[4] じっさい「歴史の概念について」のベンヤミンが新しい歴史理解の課題としたのは、そうした因果連関からなる「歴史の連続体」を爆砕し、過去に踏みにじられ現在に忘却・隠蔽されている「抑圧された人びと」の事績をいまに取り戻すことであった。

するとここでは「物語」の意味するもの、およびその評価が、先の論考「物語作者」とは真逆になっているのではないか。「物語作者」においては「物語」は、出来事をたんに語り、あれこれの説明や理由づけから解き放っておくものであった。これにたいし「歴史の概念について」準備断章では、「物語」は逆に出来事を原因—結果の連鎖において提示し、歴史の堅固な連続体のうちに埋め込む作用と見なされているのだ。

数年の時を隔てて書かれたこのふたつのテクストは、「物語」にたいし対極の関係にある。もっともことはそう単純ではない。「歴史の概念について」本文のテーゼⅡに「物語る（erzählen）」の派生語である“hererzählen”という言葉が出てくる。この言葉の古い用法には「数え上げる」という意味があり、テーゼⅡは「年代記作者」は出来事に大小の区別をつけることなく「そのまま列挙してゆく」ということを語っている。要するに「歴史の概念について」においても、出来事を因果連関に封じ込めることなしに語るという作用が、積極的に認められているのである。

ベンヤミンは「歴史の概念について」をとりあえず書き上げて数か月ののちにみずから命を絶った。そのため「物語」ないし「物語ること」を最終的にどのように理解したのかについては不明にとどまっている。いろいろ推測することは可能ではあるが、いずれにしても「物語」についてさまざまなしかたで考えていたことは確かだろう。そうするなかで「物語」の意味づけそのものをドラスティックに変容させることをも、かれは拒まなかったのだ。

「物語」について同じように動的に考え、反省を深めてゆくこと。そのことをそれ自体「物語」の一形式である「小説」のなかで行なったのが、田中小実昌『ポロポロ』の連作であった。

2

『ポロポロ』第二篇以下六篇の背景となる中国大陸での作者の足跡を、作中に記載されているものにかぎり時系列に沿って示しておこう。

一九四四年　十二月下旬山口の聯隊（独立旅団）に入営。数日後ただちに移送され、朝鮮半島・南満州をへて山海関から中国に入る

一九四五年　天津・済南・徐州をへて南京にいたり、蕪湖《ぶこ》から行軍を開始する
行軍中にかねてから患っていたアメーバ赤痢と思われる症状で安慶にて落伍し、船で九江をへて武昌に運ばれ中隊と合流する
四月武昌から粤漢《えつかん》線に沿って行軍し、五月湖北省咸寧《かんねい》の旅団本部に到着して、鉄道警備をおもな任務とする中隊に配属される

アメーバ赤痢（のちマラリアも）のため旅団本部の野戦病院の伝染病棟に送られ、そこで同年兵から敗戦を知らされる

野戦病院の解散に伴い温泉地に送られ、のち九月中頃に中隊に帰される

一九四六年

三月ごろ武昌に移って病院として用いられていた武漢大学に収容される

四月末復員命令により武漢から漢口をへて南京に移り、伝染病棟に収容される

五月真性コレラ菌検出によりコレラ患者用の隔離天幕に移る

南京から上海にいたり、八月帰国する(5)

連作がこの時系列にしたがって執筆されているわけではない。各篇はそれぞれ独立の時間軸にもとづいて、随時回想を交えながら書き進められている。ただし各篇に記される地名と年月に矛盾はないようだ。

この『ポロポロ』の各篇はいずれも「ぼく」という一人称で語られている。それゆえ作中で総称して「ぼくの兵隊物語」(219)(6)とも呼ばれている。だがこの「物語」という言葉がそもそも問題となろう。あらかじめ言えば、それは作者にとって否定的なものでありつつ、同時に免れることのできない

ものというニュアンスを帯びている。とはいえこの連作は、記憶にないこと・曖昧なこと・わからないことについてはそのように明記しながら筆が進められていることに注意しなければならない。たとえば、

おぼえていないのはおかしいが、げんに記憶にないんだから、しょうがない。(91)

ただ忘れてしまって、記憶にないだけかもしれないが、その前後のことは、わりとよくおぼえているのに、なぜ、そのあいだのことだけ記憶にないのだろう。(123)

といった具合にである。書きながら「今、おもいだしたが」(96)として話を進めている箇所もまたある。独自の語り口にまで高まっているこの〈自分が記憶していること/記憶していないことへのこだわり〉を作中に示し、それによって作品に「実録」としての性格を帯びさせながら、しかも最終的には連作全体が否定的な意味での「物語」と呼ばれることになるわけだ。

それでは「物語」という言葉は、いったい何を意味しているのだろうか。作者はとりたてて規定してはいないが、それでも読み進めてゆくと、まずはごく一般的な意味で用いられているのがわかる。まとめておこう。

(a) 過去の出来事について第三者によって（場合によっては当人によっても）ストーリーとして構造化され、起承転結をもってなされる語り（cf. 64f.）。つまり「はじめと、おわりのある」（218）もので、「区切りがあったり、そこでおわったりする」（214）もの。

(b) 出来事に「意味づけ」を与えるもの（cf. 188）。

(c) その展開のために「時間性」が必要になるもの（cf. 214f., 187）。ただしとりたてて時間性を含まない「絵」つまりはイメージとして記憶されているものもまた「物語と同類」（186）である。

これは先に日常的な用法として示した「物語」の意味規定とさほど離れてはいないかもしれない。ただし作者はいわゆる「事実」を素材にしていたとしても「こしらえ」（211）たものにほかならないことを強調している。そうした言ってみればへイドン・ホワイト的な反省を——ただしそこに否定的な意味を込めて——行なってゆくわけなのだ。

3

だが「物語」ということがどうして問題になるのだろう。それが問題として立ち現われるのは、どのような経緯によってなのだろうか。これはメタ物語論的というべき次元にかかわる重要な問いにほかならない。

「物語」への批判的な反省がなされるにあたっては、『ポロポロ』の連作を見るかぎり、「北川がぼくに」と題する第二篇に語られる出来事がきっかけになっている。

その篇によれば、「北川」という同年兵がある夜、歩哨に立っていたとき、同じ日本軍の兵士を不審者と見誤って撃って死なせてしまう。それはほかでもないあの八月十五日の夜だった。そのことを「北川」はみずから「ぼく」すなわち作者に——おそらくは作者にだけ——話してきかせていた。その話を作者は復員してのち、ほかの戦場でのエピソードと同様にあちこちで、しかもかなり劇的に脚色して吹聴していた。

ぼくは、あちこちで、あの初年兵のことをはなすようになってたのだ。八月十五日の夜、分哨では、まだ終戦をしらず……といった調子で、撃った初年兵もぼく、胸の物入に小枝の箸をさして撃たれた初年兵もぼく自身であるかのような思い入れで、ぼくはしゃべってた。

(64f. ——「……」は原文のまま。以下同)

ところが帰国後一年経ったころ、実家にほど近い海辺で偶然その「北川」に出会って、しばしともに時を過ごすことになる。親切にも当時貴重だったおにぎりを食べるよう作者に勧めてくれた「北川」は、その出来事に触れはしない。作者もまた自分がしゃべってきたような物語を「北川」に話すことはもちろんできない。

> こんな物語は、北川にはしゃべれない。あのとき、北川がぼくにはなしてくれたのとは内容がちがうというのではない。内容もちがうだろうが、内容の問題ではない。〔改行〕いや、それを内容にしてしまったのが、ぼくのウソだった。あのとき、北川がぼくにはなした、そのことがすべてなのに、ぼくは、その内容を物語にした。(65)

出来事を広い意味での起承転結へと構造化し、俗耳に入りやすいよう意味づけて物語ってきた。そのことにたいし作者はこのとき自責の念を――もっと言えば羞恥の念を――感じたようなのだ。そして以上の経緯を小説化しながら改めて反芻したことが、『ポロポロ』連作の続く各篇において「物語」考察を始動させる引き金になったように思われる。ひとは他人から聞いた話をネタにしていろいろなところでしゃべるということをしがちであり、そのことに気づいて羞恥の念を抱くということもまたある。田中小実昌はさらにそこから「物語る」ということ一般にたいする反省を、連作を書き進めながら深めてゆくことになったのだ。

この点に関連して、先の『不純異性交友録』では「北川」のエピソードが別様に語られていたことが注目される。そこでは同じ時期に同じ海水浴場で出会ったとされる相手は「A」と記載されているが、その「A」が戦場で体験したのは「北川」とは異なり、銃の掃除をしているときに弾丸が飛び出し、上官の尻の肉を吹っ飛ばしてしまったことだという（『不純異性交友録』175f.）。この話は『ポロポロ』では「北川がぼくに」においてではなく、第四篇「魚撃ち」に「浜田」という初年兵のこととして記載されている（120-2）。これはいったいどういうことなのだろう。回想録『不純異性交友録』では実在の人物について「初年兵を撃ち殺した」とは書けなかったのだろうか。あるいは『ポロポロ』においては「記憶していることを書く」という方法的態度に転じたために、記憶に忠実な書き方に変わったのだろうか。それとも……。

いずれにせよ「北川」との再会と『ポロポロ』におけるその作品化が、「物語」にたいする作者の懐疑が始動するきっかけとなったにちがいない。そのことは最後の第七篇「大尾のこと」において、もういちど「北川」の話を「物語」にしてしまった悔恨が反復して語られていることからも裏づけられよう。

このことが重要と思われるのは、ほかでもない、作者は連作を書きはじめたときにあらかじめ「物語」ということを軸に作品を展開しようとしていたのではない。むしろ連載一年半ほどの期間をかけ書き進めるなかで、「物語」がそもそも問題となる次元を徐々に開示していったと思われるのだ。

4

「物語ること」への内省は、『ポロポロ』も最後の二篇、すなわち第六篇「寝台の穴」と第七篇「大尾のこと」に集中的に現われている。「大尾」という戦友の死について自分はあれこれしゃべってきたけれども、「はじめと、おわりのある物語を、自分でかってにつくって、あたかも、それが大尾自身だ、とぼくはおもっていた」(218) といった反省がそれだ。さらに最終的には『ポロポロ』の連作全体が「物語の世界」にほかならず、そのなかで作者はみずから得々として、「初年兵という役」をやっていたことを「白状する」(219) ところにまでいたる。

もちろん小説が「物語」のひとつのジャンルであるとするなら、その内部が「物語の世界」であるのは当然と言われるかもしれない。しかし右の「白状」にいたるまでに作者は「物語」というものについての考察を深めていっている。それをいま時系列的にではなく事柄的な層をなすものとして整理してみよう。

まず少なくともある種のひとにとって、しゃべることはすべて物語になってしまう。それも「ほんとは、物語でないものが、自分にはある」のに、口に出ると物語になってしまうというのではない。そもそも「物語をはなす者は、もうすっかり、なにもかも物語だ」という意味でそうなのだ、と。

だったら、どうすればいいのか？　だまってりゃいいが、ひとに口をきかないでいるのとはちがう。自分自身にだまっていることはできない。〔中略〕ともかく自分にだまってるわけにはいかないので、口をきくと、もとのとおりの物語だ。（173）

ここでは内的な語りもまた物語になることが語られている。さらに全巻の末尾では「なにかをおもいかえし、記録しようとすると、もう物語がはじまってしまう」と語られている。想起や記憶・記録のもつ物語性に作者は自覚的なのだ。とりわけ「このあとすぐ」や「あんまり」という言葉で記憶している場合には、その言葉の解釈によって想起の内容は異なってくる（152）。さらにはウソを調子よくくりかえしているうちに自分でも本気にしだしたのかもしれない、と（94）。

これを出発点にさらに歩を進めて、「世のなかは物語で充満している。いや、世のなかは、みんな物語だろう」（172）と語る。つまりは物語遍在説とでもいうべき見解にいたる。たとえば「復員命令がでた」というのも物語であり、そもそも「軍隊というのが物語だ」、と。

軍隊とは、いったい、なにか？　だれもこたえられはしない。だれもこたえられないものを、軍隊、軍隊と平気で言っていられるのも、物語として通用しているからだ。そして、物語として通

用している軍隊のほかに、いったい、どんな軍隊があるというのか？（174）

もっとも物語の遍在を語ると言っても、作者が「なにかの役にたつのは、物語や、それに連なるものだろうけど」（172）とひとこと付け加えているのを見落とすことはできない。この言葉に注目するなら、作者の見るところ、第一に〈世のなかで実効力をもって機能し、世の成り行きを決定づけているものは物語だ〉ということ、第二には〈世のなかで重要とされている出来事は物語形式で語られ、それ自体が物語だ〉ということになる。

さてそうすると、逆に「役にたたない」なにかが「物語」の外部に想定されているのではないか。つまり物語ではないもの、たとえば「事実」といったものの存在が想定されているのではないか。だが作者はさらに「事実」と「物語」との区別を疑問に付してゆく。

というのも、『ポロポロ』の前半では「事実」という言葉を「夢や幻想」と区別されたものとして使いながらも、最後の篇にいたってそもそも「事実」とは「そういうことになっている」ものにほかならず、「物語用語」のひとつではないかと考えてゆく（213）。「物語用語」という言葉に説明はないが、前後を見ると〈こしらえものとしての物語〉において〈内実が分からないまま人びとのあいだで通用している言葉〉という意味にちがいない。

こっちも、わからない言葉をつかい、理屈では、そんな言葉が、相手にわかるわけがないんだけれど、こっちも、わからないでつかってる言葉だから、かえって、相手もわからないなりに、わかった気になる。わからないどうし、物語で通用している言葉だからだ。(184)

これはじつは「経験」という事柄について語った言葉だ。「事実」のみならず、「経験」という、これまた通常は〈物語以前〉とされているものも、作者はやはり「物語用語」と見なしている。さらには「生きてる、という言いかたが、すでに物語なのか?」(176)とまで懐疑を深めている。ここまでくれば、物語遍在説という特徴づけもあるいは的外れではないかもしれない。

もっとも作者はすべてが物語に回収されてしまうことに抗おうとしているのであり、そのことを見のがすわけにはいかない。最終篇「大尾のこと」で語る。

> 大尾は大尾だ。その大尾を物語にすると、大尾は消えてしまう。あるいは似て非なるものになる。〔改行〕ほんとの大尾が消える、などとも言うまい。ほんと、なんて言葉もまぎらわしい。(218)
>
> げんに、そこに大尾がいて、ぼくといっしょにいても、ぼくは、大尾とぼくの物語をつくるかもしれない。だが、大尾とこうしているんだから、物語なんかつくらない、つくれないといったこ

ともあるにちがいない。(221)

以上のような作者の「物語」考察は、次のように捉え返すことができるのではないだろうか。物語を充満させて「事実」も「経験」もそのうちに取り込んでいるこの世界を、ひとは否応なしに生きており、しかもみずから物語を再生産してもいる。その意味で「物語のしぶとさ」(177)を認めざるをえない。こう反省することは、しかしこの「物語」の充満した世界を相対化し、そこに働く権力関係にたいする距離化を行なうことにほかならないだろう。ひいては自分たちの生きるその世界への違和感を明らかにすることでもある。「物語の世界に生きてるのは、生きてる気がしない」(173)と語る作者にとって、「物語」批判として行なわれる自己反省は〈作者みずから投げ込まれている世界とそこに生きることとにたいする違和感〉を語り出すものであるようなのだ。

5

このように「物語」をめぐる考察を重ねる『ポロポロ』は、しかし第六篇「寝台の穴」の末尾において、ある不可解ともいえる転回を行なうことになる。

敗戦翌年の四月に部隊が引き揚げのため武昌から漢口をへて南京にいたったとき、作者は隔離病棟代わりの天幕に収容された。アメーバ赤痢とマラリアへの罹患による。するとその数日後に衛生下士官が天幕の入口に立って、検査の結果コレラ菌が検出されたため別病棟に移すべき患者のリストを読み上げた。そのなかに自分の名前があったときのことを作者はこう語る。

コレラ患者の名前のなかに、ぼくの名前があったとき、いつも、物語ばかりして、物語のなかにひたりこんでいるぼくなのに、なぜか、ぽかんと、ぼくから物語が消えた……。(190)

この「物語が消えた」は、「つまりは、言葉がなくなった」とも言い換えられている。

これはどのような事態なのだろう。なにか言葉にされること、物語られることを拒否する事態であることはたしかだが、テクストに積極的な説明はない。ただ消極的な説明がふたつ加えられている。第一にそれは「ショック」のためではない。そもそも作者は「ショック」を受けなかった。第二にそれは「重大なこと」だからなのでもない。重大なこととは「それこそ、物語を成立させるもの」なのだから、と。要するに作者はコレラ患者とされたことに「べつにゾッともせず、ほんとに、あんまり、なんともおもわなかった」というのだ(同)。

これは先に示した作中における「物語」の意味の三契機に照らすなら、〈自分も含めただれかが作り上げたものではない〉〈意味づけをもたない〉〈どこに向かうともされない〉ものだということなのだろうか。とはいえ作者は事実や経験に信を置いていないのだから、「物語が消え」て〈言葉以前の事実〉〈言葉にできない経験〉がそこに立ち現われたというのではないはずだ。さらにいえば、「生きている」という言いかたがすでに物語なのかとまで懐疑を深めているのであってみれば、〈剝き出しの生〉がそこに現われたというのでもないだろう。とにかくこの箇所では「物語が消えた」というそのことだけが語られている。

もちろん作者にとってそれは意外なことであったはずだ。そのためことさらにここに語られたのだろう。だがそのあとこの第六篇は、隔離天幕から移動して他の患者とともにみずからコレラ天幕を立てる様子を淡々と描いて終わっている。

それでは「物語が消えた」とは、どう受け止めたらいいのだろうか。ありていに言えば、そのことこそこの連作の〈謎〉であるにほかならない。

もちろん〈謎〉で終わる物語はあまたあるにはちがいない。作者・田中小実昌もまたそうした作品を多く書いている。しかしながら、いま書いているものは「物語」であると作中で語り、「物語」の遍在をすら語る物語、そのような物語によって「物語」にかんして示される究極の〈謎〉が、ここに示されているのではないだろうか。

〈謎〉に手近な答えはない。ベンヤミン「物語作者」が指摘していたように、「物語」は出来事をあれこれの説明や理由づけから解き放っておく機能をもっている。『ポロポロ』では「物語が消えた」

ことが、「物語」によって、説明づけなしに語られている。それによって読み手は〈謎〉に直面させられ、さまざまに思いをめぐらせるよう誘われていることになるのだ。

試みにひとりの読者としてわたしがめぐらせた思いをここに言葉にしておこう。

まず思いつくのは、作中の「ぼく」はここで、「死」に直面したという理解だ。コレラ菌が検出されたことを告げられて、作者は「言葉もなく」、物語ることもできなくなった。じっさい自分自身の「死」とは、もはや「物語」に回収されず、言葉の届かないところに位置するものだろう(7)。

だが連作を読む者には、ひとつ腑に落ちないことがある。「物語が消えた」体験をする数か月前、咸寧の伝染病棟にふたたび収容されたときのことを、第五篇「鏡の顔」では次のように語っていた。

ぼくは、この伝染病棟にいるあいだに、まちがいなく死ぬだろうとおもっていた。ぼくがおもうだけでなく、軍医も、おまえ死ぬよ、と言った。(148)

ここまで重篤な病状を経験し、「死」を覚悟していた。このままでは死ぬことは間違いないだろうという手紙を、家族あてに書きもしたという。そうした作者が先のくだりにおいて「死」に直面したがゆえに「物語が消えた」というのは——真性コレラ菌検出という事態がいかに深刻であるかを勘案したとしても――いささか筋が通らないのではないか。

見方を変えてみよう。

「物語が消え」「言葉が消えた」ところに残るのは、哲学の用語で言えば前述定的な被投的情態性、すなわち言語化がなされる以前の「気分」なのかもしれない。その「気分」とは、物語を充満させた世界に投げ込まれつつ作者がつねづね感じていた「その世界における居場所のなさ」という気分なのかもしれない。

ちょうどいい表現がある。ハイデガー『存在と時間』で「根本気分」とされるのは、一般には「不安」と訳される「アングスト（Angst）」、つまり「居心地の悪さ」を意味する「ウンハイムリヒカイト（Unheimlichkeit）」のことだ(8)。「物語」を語りつづけながら生きてきた作者に、それまで漠然と感じてきた「世界における居場所のなさ」がここに卒然と現われ、言葉もなくその「気分」に満たされることになったのではないか。

このように受けとめるのは、あながち無理とはいえまい。とはいえ、作者がこうした「気分」ということを語っているわけでないのであれば、やはり余計な「説明」ということになるのだろう。

するとそこに立ち現われたのは、ただひたすら「物語が不在になった」という事態だったと言うにとどめるべきなのかもしれない。先に見たあの「北川」の話にかんして、作者は「あのとき、北川がぼくにはなした、そのことがすべて」だと語っていた。これにならって、読者もまた「物語が消えた」という語りが「すべて」であると受けとめ、それに因果的説明を加えて「物語」にすることをみずから禁じなければならないのかもしれないのだ。

もしそうであるなら「物語が消えた」という事態は、物語を充満させているこの世界に穿たれた〈穴〉のようなものであるように思えてくる。〈穴〉と言っても、世界のなかにそうした〈穴〉がそれ自体として空いているというわけではない。物語ろうにも物語りえず、それゆえ物語ることそのことにつまずくという場面においてこそ、それとして浮かび上がるものだろう。

こうした〈穴〉としての「物語の不在」は、物語にかんする理論のようなものによって、たとえば「物語を相対化するもの」などと位置づけられることは、おそらくはできない。むしろその種の議論を攪乱するものではないだろうか。つまりはそれ自体が「物語」だと自認する作品のただなかにおいて、その「物語」にかんしてこそ示されるものであり、読む者もまたそのようなものとして受けとめるほかないものなのだろう。

あの連作第一篇「ポロポロ」において、父親と信者が口にする「ポロポロ」。それはただ「ポロポロ」なのであって、「言葉にはならない」(11)もの、「受けっぱなしでいる」ほかないものとされていた。その「受けっぱなし」とは「断崖から落ちて、落ちっぱなしでいるようなもの」(28)なのだという。してみれば、「物語が消えた」という〈謎〉に直面する者も同じくそのように「断崖から落ちっぱなしでいる」ほかないのかもしれない。それこそがこの物語を読むということの意味なのかもしれない。
ちなみに〈穴〉というメタファーは、『ポロポロ』のこの第六篇が「寝台の穴」と題されていることと、はからずも暗合している。

「寝台の穴」とは、コレラ患者を収容する天幕に運び込まれた寝台に、重篤な患者が寝たまま排泄することのできるよう、枕元から三分の二あたりに穿たれた十センチ四方ほどの穴のことだ。第六篇「寝台の穴」はあまりにも惨めというべきこの穴の話にはじまり、その話で終わっている。「物語が消えた」という事態は、あるいは戦地における作者の体験のありようを、なにがしか象徴的に示したものなのかもしれないのである。

注

（1）かれの経歴については次に触れる田中小実昌『不純異性交友録』（三笠書房、一九七四年）などに回想があり、没後に『ユリイカ』二〇〇〇年六月臨時増刊『田中小実昌の世界』所収「田中小実昌年譜」（関井光男編）、インターネットサイト「田中小実昌データ・ベース」（http://home.att.ne.jp/surf/ikku/komi.html──二〇二三年八月六日閲覧）に概略がまとめられている。

（2）『ポロポロ』にたいする「物語批判」という評言は、古くは三浦雅士『私という現象』（冬樹社、一九八一年）に、最近では奥泉光・加藤陽子『この国の戦争──太平洋戦争をどう読むか』（河出新書、二〇二二年）

にも見られる。

（3）Cf. Alexander Honold, "Noch einmal. Erzählen als Wiederholung – Benjamins Wiederholung des Erzählens", in : Walter Benjamin, *Erzählen. Schriften zur Theorie der Narration und zur literarischen Prosa*, ausgewählt und mit einem Nachwort von A. Honold, Frankfurt a.M. : Suhrkamp 2007, S.312.

（4）Cf. *Walter Benjamin Werke und Nachlaß. Kritische Gesamtausgabe*, Bd.19, S.114, 155 ; 浅井健二郎訳『ベンヤミン・コレクション7』（ちくま学芸文庫、二〇一四年）五九九―六〇〇頁参照。

（5）気になる点でもあり、「ある独立旅団」とだけ記されている田中小実昌が大陸で合流した旅団およびその任務がどのようなものだったのかについてだけ注記しておきたい。ふたつの年譜ではいずれも「西武《ママ》四部隊（山口聯隊）」に入隊し、翌年五月「粤漢線の鉄道警備の中隊」に配属されたとされている（前掲「年譜」「田中小実昌データ・ベース」）。小説「浪曲師朝日丸の話」（『香具師の旅』泰流社、一九七九年）では「中支派遣軍独立旅団誠部隊」と名を挙げているが、これは創作上の朧化だろう、田中小実昌は後年のエッセイで「善部隊にいた」と語っている（『題名はいらない』幻戯書房、二〇一六年、一三一頁）。この「善」とは部隊名を秘匿するための通称号であり、史料によるならその正式名称は「支那派遣軍第六方面軍独立歩兵第十二旅団」となるようだ。「支那派遣軍」の任務は「大陸における要域を確保するとともに、主として重慶勢力（中国国民党）や、敵航空勢力を抑えこむ」ことにあり、第十二旅団は一九四三年十二月に南京で編成され、咸寧地区の警備にあたったという（アジア歴史資料センター「アジ歴グロッサリー」https://www.jacar.go.jp/glossary/term/0100-0040-0080-0010-0010.html―二〇二三年八月六日閲覧）。ちなみに俳優の殿山泰司もこの「善部隊」に所属しており、そのことをふたりはのちになって偶然の機会に知ることになる（殿山泰司『三文役者あなあきい伝ＰＡＲＴ1』ちくま文庫、一九九五年、二五六頁）。

（6）以下本文中に挿入する『ポロポロ』の頁は河出文庫版（二〇〇四年）による。
（7）三浦雅士はいち早く次のように語っている。「田中小実昌がここで語っているのは要するに死に瀕した体験というものであろう。〔中略〕死という言葉を避けて死をうかびあがらせること、これが結果的に物語批判を引き寄せたのだ」（三浦雅士前掲書、講談社学術文庫版、二四九頁）。
（8）Cf. Martin Heidegger, *Sein und Zeit*, 15. Auflage, Tübingen : Max Niemeyer 1979, S.188f.

あとがき

本書の第I部と第II部に収録した文章は、一篇を除き『アナホリッシュ國文學』に「日記―歴史の記憶」と題して連載したものである。

同誌は創刊時には季刊であったこともあり、編集の牧野十寸穂さんからは、ひとつの平安日記作品を年四回にわたり取り上げるようにとの依頼を受けた。手元にある牧野さん手書きのメモでは、土左日記・蜻蛉日記に次いで、伊勢日記・紫式部日記・更級日記・和泉式部日記といった名前が挙がっている。それまで現代日本文学を題材にしたことはありながら、古典文学にかんしてはなんの実績も素養もないわたしにとっては、不意に背負わされた重荷のような依頼であったが、版元である響文社の社主・高橋哲雄さんの後押しもあり、どうしても書けないときには休載させてもらいながら、とにかく書き継ぐことになった。テクストを読み注釈書を読んで不意に思いついた切り口から、文体も体裁もそのつど変えて書き上げた、そうしたどのジャンルにも属さない文章になっているのは、おもにこのような事情による。

その『アナホリッシュ國文學』は牧野さんの健康上の理由から、第七号（二〇一四年八月）をもって休刊となり、五年の間をおいて第八号から復刊されたときには年一回の刊行体制に変わった。さらに二〇二二年十一月刊行の第十一号をもって実質的に終刊となり、響文社もまた社業を終えることになったため、同誌に連載した文章をここにまとめることにした。土左日記関連の文章を執筆するにあたっては高知県立大学の東原伸明さんに大きな助力を仰いでおり、そのお声がけによって公開シンポジウム「座談会『土左日記』再検討」（高知県立大学・同文化学部共催、二〇一五年十月十七日）にも出席させていただいた。第Ⅰ部二章はそのシンポジウムを記録した論集に寄稿したものである。

右の連載を開始したのは、ヴァルター・ベンヤミンへの関心を強く抱くようになった時期にあたる。二〇一五年に遺稿「歴史の概念について」の新訳・評注を刊行してのちも関心は変わらず、そのため直接間接にベンヤミンの影響のもとに書かれている。本書の副題を「ベンヤミン的視点から」としたのはそのことによっている。加えて第Ⅲ部には、それらのバックボーンともなった歴史および物語の理論についての文章を収録することにした。

以下に各章の初出を示そう。章によっては大幅な書き換えを行ない、一冊にまとめるにあたって全体の字句の統一や参照関係の整理、重複箇所の削除を行なった。それでも議論展開の都合もあってどうしても重複が残ってしまっている。それはそれで各章を独立に読む読者の役に立つかもしれないということで御寛恕願いたい。

初出一覧

Ⅰ　土左日記

一　『アナホリッシュ國文學』響文社、創刊第一号、二〇一二年十二月

二　東原伸明／ヨース・ジョエル編著『土左日記のコペルニクス的転回』武蔵野書院、二〇一六年十月

三　『アナホリッシュ國文學』第二号、二〇一三年三月

四　同第三号、二〇一三年六月

五　同第四号、二〇一三年九月

Ⅱ　蜻蛉日記

一　『アナホリッシュ國文學』第五号、二〇一三年十二月

二　同第六号、二〇一四年四月

三　同第八号、二〇一九年十一月

四　同第十号、二〇二一年十一月

Ⅲ　歴史の理論と物語

一　鹿島徹・越門勝彦・川口茂雄編『リクール読本』法政大学出版局、二〇一六年七月（原題・リクールとベンヤミン─物語の衰退をめぐって）

二　同右（原題・リクールと歴史の理論─哲学的歴史理論の射程）

三　早稲田大学哲学会『フィロソフィア』一一〇号、二〇二三年三月
（原題・ベンヤミン「歴史の概念について」の歴史記述論―テーゼXVIIを読み直す）
四　未発表。大要は「田中小実昌『ポロポロ』の物語考察」と題して日本哲学ワークショップ「物語り論の今」（東北大学、二〇二三年三月八日）において口頭で発表した（その発表原稿は求真会『求真』第二八号に掲載されている）

本書の出版は是非とも古典文学にかかわりの深い書肆にお願いしたいと考えて、武蔵野書院社主の前田智彦さんに相談し、幸いにも快諾していただいた。原稿の整理と校正には佐藤美衣・小谷弥生のおふたりの手を煩わせた。先に名を挙げたお三方に併せ、これらお世話になった方々に厚く御礼申し上げたい。

本書の原稿を取りまとめているさなかに、関正則さん（元・平凡社編集部）の訃報に接した。四十年来の友人を失った悲しみは深い。思えば紆余曲折に満ちた付き合いではあったが、わたしにとり他に取って代わることのない批評者であり編集者でもあった。そうした関さんとともに過ごしたかけがえのない日々の追憶に、このささやかな書物は捧げられる。

二〇二三年八月九日

鹿島　徹

著者紹介

鹿島　徹（かしま・とおる）

1955年生まれ。テュービンゲン大学哲学部博士学位取得
現　在　早稲田大学文学部教員
著　書『危機における歴史の思考 — 哲学と歴史のダイアローグ』（響文社・2017年）
『可能性としての歴史 — 越境する物語り理論』（岩波書店・2006年）
『埴谷雄高と存在論 — 自同律の不快・虚体・存在の革命』（平凡社・2000年）
共編著『リクール読本』（法政大学出版局・2016年）
『歴史を射つ — 言語論的転回・文化史・パブリックヒストリー・ナショナルヒストリー』（御茶の水書房・2015年）
『ハイデガー『哲学への寄与』解読』（平凡社・2006年）ほか
訳　書　ヴァルター・ベンヤミン『[新訳・評注] 歴史の概念について』（未来社・2015年）
ロルフ・ヴィガースハウス『アドルノ入門』共訳（平凡社・1998年）ほか

平安日記文学と歴史の理論 —— ベンヤミン的視点から

2024年1月15日 初版第1刷発行

著　　者：鹿島　徹

発 行 者：前田智彦

発 行 所：武蔵野書院
〒101-0054
東京都千代田区神田錦町3-11 電話 03-3291-4859　FAX 03-3291-4839

装　　幀：武蔵野書院装幀室

印刷製本：シナノ印刷㈱

ISBN 978-4-8386-1012-9　　Printed in Japan